New
Trend
G20 세대

세계를 상대로 도전하는 **G20세대**의 파워 라이프 스토리

New Trend G20 세대

Global
Geek
Generosity
Green
Passion of 20

rBook

Contents

서 문

새로운 방향성,
G20세대

서울대학교 소비자학과 교수 김난도

2010년 대한민국은 젊은이들의 해였다. 밴쿠버 동계올림픽, 남녀 월드컵 축구대회, 아시안게임 등에서 우리 젊은이들은 세계적 수준에 오른 기량을 뽐냈다. 기량만 탁월한 것이 아니었다. 시상대에 선 그들은 힘든 훈련과 배고픔을 보상받았다는 듯이 눈물을 철철 흘리는 대신, 승리에 행복해 했고 행여 졌더라도 게임을 즐겼다고 말했다. 그렇다. 이들은 기성세대와 달랐다.

그 명칭도 다양하다. 스피드 스케이팅의 우승을 계기로 '쾌속세대'라고 부르기도 하고, contents, cyber, consumer, crisis와 같은 단어의 C를 따서 'C세대'라는 명칭도 등장했다. 또는 강한 소비자 주권의식과 디지털 리터러시(digital literacy)로 무장해 '사이버세대'라는 별명을 가지고 있으며, 자기주장을 당당하게 펼칠 수 있는 글로벌한 세대라고 하여 일부 언론에서는 'G세대'라고 부르기도 했다. 다른 한편으로는 그 어느 때보다 청년 취업이 어려운 상황을 반영하여 '88만원 세대'라는 비관적인 네이밍도 있다.

한국사회는 대단히 빠른 성장을 해왔기에 세대의 변화 또한 눈부시게 빠르다. 거의 10년 단위로 당대의 젊은이들에게 새로운 명칭을 붙여왔다. 40년대 생은 산업화세대 혹은 전후세대, 50년대 생은 베이비붐세대, 60년대 생에게는 386세대, 70년대 생에게는 신세대나 X세대라는 별칭이 붙었다. 80년대 이후 90년대 초반 출생으로 이제 막 사회에 진출하기 시작한 젊은이들을 무엇이라고 부를 수 있을 것인가? 전술한 쾌속세대, C세대, 사이버세대, G세대, 88만원세대에 덧붙여 이명박 대통령은 'G20세대'라는 명칭을 제시한 바 있다. 이 대통령은 2011년 신년사에서 "세계를 무대로 뛰고 경쟁을 주저하지 않으며 창조와 도전정신에 불타는 젊은이들"을, 2010년 서울에서 개최된 G20 정상회의와 연관시켜 'G20세대'로 부르자고 제안했던 것이다.

물론 'G20 정상회의'가 이 젊은이들의 발달시기에 영향을 준 이벤트는 아니라는 점에서, 실증적 차원으로 엄밀히 말하자면 다소 어색한 명칭일 수도 있다. 하지만 G20세대라는 명칭은 글로벌 톱 20 정상회의를 개최할 수 있을 만큼 국격이 높아진 대한민국에 걸 맞는 젊은이들을 육성하자는 의미에서, 하나의 국정의 지향점으로 삼는 당위론적 차원에서는 수긍할 수 있는 용어라고 볼 수 있을 것이다.

다시 말해서 G20세대라는 지칭은 어떤 현상을 분석하여 귀납적으로 도출해낸 개념은 아니지만, 우리 사회와 기성세대가 현재의 젊은 세대에게 어떤 방향을 열어주어야 할 것이냐는 지향적 개념이라고 볼 수 있다는 것이다.

* * *

그렇게 의미부여를 하고 나면 G20에 담긴 함의는 의미심장하다. G는 먼저 Global의 G다. 세계를 무대로 활약하는 젊은이라는 뜻이다. 두 번째 G는 Geek이다. Geek은 괴짜라는 뜻인데, 일상적으로 쓰는 단어는 아니지만 자기표현에 충실하고 창조적인 괴짜 정신으로 무장한 요즘 젊은이들을 잘 표현한 단어라고 생각한다. 세 번째 G는 Generosity, 즉 관용이다. 사회적 기여나 바른 사회에 관심을 기울이기 때문에 조금 더 비싸더라도 빈민국에 기부 효과를 갖는 공정무역 제품을 고를 수 있는, 이타성을 함께 가진 세대라는 뜻이다. 마지막 G는 Green이다. 환경과 자연에 대해 배려할 줄 아는 것이 요즘 젊은이들이다. '20' 또한 상징적인 의미를 갖는다. 서울 G20 정상회의에서의 20은 세계를 리드할 20개국을 뜻했지만, G20세대의 20은 인생에서 가장 화려하고 가장 기운차고 가장 눈부신 열정을 지닌 시기를 대표한다고 해석할 수 있다.

G20세대는 기성세대와는 구별되는 독특한 키워드와 특징을 가지고 있다. 우선 글로벌 마인드를 갖추고 있다. 세계를 볼 때 열린 시

각으로 볼 줄 아는 세대이다. 이들은 어릴 때부터 한류를 향유한 세대다. 그 이전 세대들이 가요보다는 팝송을 주로 들어야 더 '수준'이 있는 것 같은 느낌이 드는 일말의 문화적인 열등감을 가지고 있었다면, G20세대는 내가 좋아하는 한류 스타가 세계인의 사랑을 받는 모습을 지켜본, 문화적 자부심으로 가득한 세대다. 나아가 다문화적 경험에 익숙하며, 그 어떤 세대보다 뛰어난 어학 실력과 사고의 개방성을 함께 가지고 있다.

두 번째로 지적할 수 있는 특징으로는 이들이 디지털과 모바일 기기를 매우 능숙하게 다룬다는 점을 들 수 있다. 이미 '디지털 원주민(digital natives)'으로 자리 잡은 한국 젊은 세대들의 IT기기에 대한 깐깐한 안목은 세계적으로 인정을 받고 있다. 디지털카메라나 휴대전화 등을 내놓은 글로벌 기업들이 우리나라를 파일럿마켓으로 보고 젊은 소비자들의 반응에 귀를 쫑긋 세우고 있다.

세 번째로, 이들은 긍정적 사고와 자신감으로 충만한 세대이기도 하다. '단군 이래 최고의 스펙'이라는 형용이 과장으로 느껴지지 않을 만큼, G20세대는 자신감이 넘치는 세대다. 기존 세대와는 달리 독재와 가난을 경험하지 않았다. 해외 강대국에 대해서도 공연한 위축이나 열등감을 갖지 않는다. 또 이들은 적극적인 소비자로서 물건이나 서비스를 구매했을 때 합당한 효용을 보지 못하거나 잘못을 발견하면 당당하게 소비자로서의 주권을 주장한다. 게다가 소위 '꽂히면 뭐든지 한다'는 식으로 마니아적 취향을 감추지 않으며, 오히려 거기에 몰입함으로써 창의적 성과를 이뤄 내기도 한다.

"나도 어디서 꿀리진 않아. 아직 쓸만한 걸. 죽지 않았어."

(G드래곤, Heartbreaker)

"날 보는 사람들의 시선이 싫진 않아, 나는 예쁘니까." (씨야, 여성시대)

"머리부터 발끝까지 난 항상 핫 이슈" (포미닛, 핫이슈)

"난 남자 울리는 Bad girl, 이젠 눈물 한 방울 없이 널 비웃어."

(2NE1, I don't care)

"우아한 바디라인과 눈부신 내 미소, 모두 바라는 여자가 되길, 날 쳐다보는 모든 마스크" (레인보우, 가십걸)

최근 G20세대가 즐기는 노래의 가사들이다. 모두 자신감에 차 있으며, 나는 잘 났고, 나는 할 수 있다는 긍정적인 가사로 노래한다. 구세대처럼 회고나 한탄의 정조는 보이지 않는다.

* * *

하지만 이런 당찬 G20세대에게도 아픔이 있다. 소설가 김영하는 〈퀴즈쇼〉라는 작품에서 요즘 젊은 세대의 불만을 이렇게 항변한 바 있다.

"우리는 단군 이래 가장 많이 공부하고, 제일 똑똑하고, 외국어에도 능통하고, 첨단 전자제품도 레고블록 만지듯 다루는 세대야.

안 그래? 거의 모두 대학을 나왔고 토익 점수는 세계 최고 수준이고 자막 없이도 할리우드 액션영화 정도는 볼 수 있고 타이핑도 분당 300타는 우습고 평균 신장도 크지. 악기 하나쯤은 다룰 줄 알고, 맞아, 너도 피아노 치지 않아? 독서량도 우리 윗세대에 비하면 엄청나게 많아.

우리 부모세대는 그 중에서 단 하나만 잘 해도, 아니 비슷하게 하기만 해도 평생을 먹고 살 수 있었어. 그런데 왜 지금 우리는 다 놀고 있는 거야? 왜 모두 실업자인 거야? 도대체 우리가 뭘 잘못한 거지?"

이전 세대보다 스마트하고 스펙도 높은데 아무리 노력해도 원하는 직장을 가질 수 없다는 생각이 G20세대를 짓누르고 있는 것이다. 실제로 이들은 혹심한 취업난 속에서 엄청난 스펙 경쟁에 시달리고 있다. 삐끗하면 '루저'가 될지도 모른다는 공포가 뼛속까지 배어있다.

이것은 그들의 잘못이 아니다. 기성세대의 과제다. 이 젊은이들이 겪고 있는 땀과 눈물을 닦아 주지 않으면 대한민국에는 미래가 없다. 그들에게 글로벌 스탠디드에 부합하는 역량을 향상시킬 수 있는 기회를 부여하고 글로벌 활동을 극대화하기 위한 지원을 강구해야 한다. 자신의 역량을 충분히 펼칠 수 있는 좋은 일자리를 자꾸 만들어 주는 것이 나라의 최우선 과제가 되어야 한다. 그러기 위해서는 서비스산업을 육성하고 전문 직종에 대한 진입 규제를 완화하고,

상생과 규제안을 통해서 젊은이뿐 아니라 기성세대나 은퇴자까지도 창업과 고용을 유연하게 할 수 있게 하는 것이 필요하다. 사회안전망을 확충하여 인력 순환이 보다 원활하게 될 수 있도록 만드는 대책을 강구해야 한다. 한 마디로 말해서 국정의 최우선을 '청년 실업 해소'에 두어야 한다.

이러한 사회적 과제가 엄중하다고 해서 젊은이들 스스로의 노력이 중요하다는 사실을 평가절하하려는 것은 물론 아니다. 지금 이 순간에도 수많은 젊은이들이 엄혹한 현실을 뚫고 스스로 길을 만들고 있다. 이 책에 실린 젊은이들이 바로 그 일부의 이야기다. 우리는 척박한 환경 속에서 성공을 일궈낸 젊은이들의 사례에 환호만 보낼 수는 없다. 이들의 고난에 공감하면서 정책적 지원이 부족하지는 않았는가 하는 반성의 기회를 가져야 하는 것이다. 다시 말해서 이 책의 사례들은 단순히 어떤 젊은이의 성공담에 머물지 않고 앞으로 우리나라의 프레임과 방향이 어떤 것이 되어야 할지를 보여주는 나침반이 된다고 생각한다. 이런 여러 이유에서 이 책에 실린 G20세대의 이야기는 더욱 빛나고 중요하다.

G20세대에게 미래를 보여주는 사회를 만들어야 한다. 그리하여 그들이 성장했을 때에는 G20이 아니라 G10, G5 정상회의를 서울에서 개최할 수 있도록 해야 한다. 젊은이들에게 희망을 주기 위한 모두의 각별한 노력이 그 어느 때보다 절실한 시점이다.

박지영

변화와 도전을
선택해 이룬 성공

벤처기업인

Profile

벤처기업인

출생	1975년
	경상남도 창원시(구 마산시)
학력	울산여고 졸업
	고려대학교 컴퓨터학과 졸업
	서울대학교 공과대학 최고산업전략과정(AIP) 수료
주요경력	㈜컴투스 창업 (1998년 7월 31일)
	현 ㈜컴투스 대표이사
취미	골프
좌우명이나 좋아하는 말	
	백초미학(百秒美學)

백초는 '유저들이 게임을 계속할지 말지 정하는 시간이 매우 짧다'는 것을 상징적으로 표현한 말. 또한 백이라는 숫자는 일의 완성, 완벽함을 의미하므로 게임 개발자도 유저가 짧은 시간에 만족할만한 완성도 높은 게임을 개발해야 한다는 뜻도 있다

● 세계 TOP 50 여성 경영인 박지영 ● 변화를 통해 '박지영의 삶'을 찾다 ● 아이디어보다 실행의 중요성을 깨닫다 ● 스물넷, 2억 5천만 원의 빚을 떠안다 ● 할 수 있고, 좋아해 모바일게임을 시작하다 ● 빼앗긴 업계 1위, 테트리스로 되찾다 ● '붕어빵 타이쿤'을 통해 답을 얻다 ● 스마트폰의 등장, 예상이 적중하다

● 취재 · 글_ 김진도

세계 TOP 50 여성 경영인 박지영

박지영 대표는 1998년 ㈜컴투스 (COM2US)를 설립, 1999년 국내 최초로 모바일게임을 서비스하기 시작하여 2000년에는 세계 최초 휴대폰용 자바 게임 제작을 시작으로 전 세계 주요 국가에 수십 종의 모바일게임을 서비스하는 업계 1위 기업으로 성장시켰다. 이 과정에서 개발 기술력과 신업에 대한 공로를 인정받아 2003년 7월, 미국 타임지에 의해 '세계 14대 기술 대가(Global Tech Guru)'로 선정됐고, 영국 모바일콘텐츠 전문지 ME가 선정한 '세계 TOP 50 여성 경영인'에 세 차례(2007, 2009, 2010)나 뽑혔다. 사업초기부터 스마트폰 열풍을 예감하고 대비해 2008년 12월 국내 게임기업 최초로 애플 앱스토어에 게임 서비스를 실시했다. 이후 '홈런배틀3D', '슬라이스 잇!' 등의 인기

게임 콘텐츠를 발판으로 세계 31개국 아이폰 유료앱에서 1위를 차지하는 성과를 올렸다. 현재 애플 앱스토어, 구글 안드로이드마켓 등 글로벌 오픈마켓과 SK텔레콤, KT, LG U+ 등의 국내 3대 이동통신사를 통해 한국을 포함한 세계 90여 개 국가에 스마트폰 및 피처폰용 모바일게임을 서비스 중이다.

"타인에게서 인정받음도 중요하지만, 자신의 신념을 믿고 남들이 이상하다고 하든, 나쁘다고 생각하든, 스스로의 방식으로 걸어 나가라. 로버트 프로스트가 말하길, '숲 속 두 갈래 길에서 왕래가 적은 길을 택했다. 그게 날 다르게 만들었다'고 했다. 너희들도 그렇게 살기 바란다."

영화 〈죽은 시인의 사회〉엔 미국 시인 로버트 프로스트의 시 '가지 않은 길'이 나온다. 영화 속 키팅 선생은 스스로의 정체성과 만족감이 사회 전통을 따름보다 중요할 수 있음을 제자들에게 일러주기 위해 로버트 프로스트의 시를 인용한 것이다.

2억 5000만 원의 빚을 떠안은 상황에서도 절망하기보다 새로운 사업부터 생각한 사람, 남성 중심의 IT업계서 여자라는 이유로 소외받아도 아랑곳하지 않는 대범함, 변화를 두려움의 대상이 아닌 즐거운 선택으로 받아들여온 박지영의 삶에서는 키팅 선생이 제자들에게 들려주고자 한 '자신만의 삶을 찾아가는 여정'이 엿보인다.

변화를 통해 '박지영의 삶'을 찾다

"미개발 분야에서 가장 처음 시작하는 사람이 되고 싶었고, 그 일에 성공하고 싶었으며, 궁극적으로는 그 분야를 장악하고 싶었다."

("It was untapped territory," She says. "I wanted to be the first to do something, succeed at it and, ultimately, dominate.")

박지영이 '세계 14대 기술 대가(Global 14 Tech Guru)'에 선정된 직후, 미국 타임지와 가진 인터뷰(2003년 7월 7일자)에서 밝힌 모바일게임 분야를 택한 이유다. 이제부터 들려줄 박지영이 살아온 삶 전반을 드러내 주는 말이기도 하다.

거슬러 올라가면 학창시절부터 그랬다. 고등학교에 들어갈 무렵 살고 있던 밀양을 떠나 울산을 택했다. 1남 2녀 중 막내로 태어나 언니와 오빠들 모두 밀양에서 학창시절을 보낸 반면, 박지영은 홀로 다른 도시로의 진학을 시도했다. '초등학교시절부터 중학교까지 줄곧 1등을 해 온 아이'. 어린시절 주위에서 박지영을 바라보는 시선이었다. 초등학교 2곳, 여자중학교 2곳, 인문계 고등학교 1곳이 전부인 환경서 공부하다보니 매번 같은 또래들과 놀고, 경쟁하는 점이 아쉬움으로 다가왔다. 그 무렵 울산에 살던 이모로부터 '울산에선 고입 연합고사를 180점(200점 만점)이상 받아야 인문계 고교에 진학할 수 있다'는 말을 듣게 됐다. 도전적인 환경에서 공부하고 싶다는 목마름이 컸던 상황에서 탈출구로 느껴졌다. 박지영은 울산여고에 들어가기로 결심했다.

고교 진학 후, 전혀 다른 세계가 펼쳐졌다. 사용하는 언어부터 달랐다. 울산이라는 곳이 다른 지역에서 유입되는 인구가 많은 도시여서 사투리를 쓰는 친구들이 많지 않았다. 수업시간에 한마디만 해도 반 친구들 모두 웃음을 터트렸다. 이모집에서 생활했기에 이모부와 사촌들과 지내야 하는 생활환경도 낯설었다. 많은 이들의 시선을 한 몸에 받다가 하루아침에 아무도 자신에게 관심을 갖지 않는 환경과 맞닥뜨리게 됐다. 철저하게 혼자라는 생각에 외로움을 느낄 법한 상황. 스스로 택한 변화여서일까, 박지영의 생각은 달랐다. 새로운 곳을 알아가는 재미, 완전히 처음부터 친구를 사귀는 일 자체가 흥미로움이어서 외로움을 느낄 새가 없었단다.

박지영은 이때를 '살아가는 요령을 배운 시기'라고 말했다. 사춘기 시절 낯선 곳에서의 두려움보단 변화를 즐거움으로 인식, 주위 사람들을 탐색했던 시기라는 설명이다.

대학을 진학할 때 역시 남과 다른 길을 택했다. 공부 잘하는 딸이 졸업 후 비교적 쉽게 안정적인 삶을 누릴 수 있는 의대, 약대, 사범대 등에 들어가길 바란 부모님 뜻과 달리 이공계열인 고려대학교 컴퓨터학과에 진학했다. 의사, 약사, 선생님은 굳이 해보지 않아도 아는 직업이라 관심의 대상이 아니었다. 수학, 과학 과목을 좋아했기에 자연계열을 선택했고, 자신이 할 수 있을 것 같은 일 중 가장 재미있어 보인 컴퓨터를 선택했다.

컴퓨터는 중학생 시절 처음 접했다. 당시 학교에 컴퓨터가 처음 들어왔는데 담당이었던 과학 선생이 박지영과 또래 아이들을 불러다 기초적인 사항들을 가르쳤다. 베이직 프로그램을 짜보는 수준에 불과했지만, 박지영이 대학 진학할 때 일정 부분 영향을 끼쳤다.

"진학할 당시 생각엔 컴퓨터를 잘 알아야 되겠다는 생각을 많이 했어요. 세상을 바꾸는 도구가 될 것 같은데, 잘 활용해 나도 세상을 바꾸는데 도움이 되고 싶다는 생각이었죠."

대학 진학 이후엔 게임에 빠져 들었다. 스스로도 공부를 열심히 하기보단 친구들과 어울려 잘 놀았던 시기라고 당시를 회상한다. 그즈음 등장한 3D 게임은 박지영의 눈과 귀를 사로잡았다. 2D 게임에 익숙해 있던 터라 '버추얼파이터(Virtual Fighter)' 같은 3D 게임에서 구현되는 현란한 효과를 접하고선 입이 벌어졌다. 그 길로 쉬는 시간이면 컴퓨터학과 친구들과 오락에 묻혀 살았다.

그렇다고 게임이 박지영에게 대학시절 '어느 날 갑자기 찾아든' 우연은 아니었다. 고교시절, 자신보다 먼저 컴퓨터 관련학과를 들어간 언니의 손에 이끌려서부터다. 여름방학을 맞아 집에 들른 언니가 박지영을 오락실로 데려갔다. 열심히 테트리스를 하는 언니 모습에 이전까지 '오락실은 위험한 곳'이라는 생각이 바뀌기 시작했다.

"오락실이 밖에서 보면 항상 무언가로 가려져 있어 어둡고, 절도가 많이 일어나고, 케케묵은 냄새가 나는 곳으로 알았어요. 그런데 실제 게임을 해 보니, 재밌더군요. 환경이 문제였지, 게임은 정말 좋은 콘텐츠였어요."

게임을 통해 사랑도 꽃피웠다. 당시 출시된 '사무라이 쇼다운'에 빠져 오락실 출입이 잦았던 시절, 같은 과 동기가 게임 공략법을 가르쳐주겠다고 다가왔다. 그렇게 시작된 인연으로 오락실에서 주로 만나, 게임하면서 친해지기 시작해 캠퍼스 커플이 됐다. 이후 창업도 함께하며 결혼까지 골인, 서로에게 평생의 반려자가 됐다. 컴투스 내에선 사업파트너, 집에선 든든한 가장의 존재인 이영일 부사장과의 만남 스토리다.

이처럼 박지영에게 학창시절은 스스로 좋아하는 일을 끊임없이 찾아간 시기였다. 밀양이라는 도시를 떠나 울산을 택했던 시점부터 다시 대학에 들어가면서 서울로 올라간 일련의 과정들이 박지영 스스로 택한 변화에서 비롯된다.

"그런 선택들이 제 인격이나 삶의 방식에 많은 변화를 준 것 같아요. 예를 들면 환경이 변하지 않는 상황에서는 '밖에서 보여지는 나'에 대해 굉장히 신경을 많이 쓰게 되잖아요. 작은 커뮤니티 안에 있을수록 더 하죠. 제 경우엔 더 큰 도시로 옮겨, 환경이 넓어져버리면서 그런 생각이 없어졌어요. 사람들이 다른 사람들을 안 본다는 걸 알게 됐다고 할까. 스스로가 어떻게 생각하고, 어떤 삶을 살지가 보다 중요해진 거죠."

학창시절 박지영이 가진 생각은 누군가 만들어 놓은 삶을 따라 걷는 게 아닌, 온전히 박지영의 몫을 살아가겠다는 의지의 시작이었고, 행동으로 옮긴 첫걸음이었다. 하고자 하는 영역에서의 첫째가 되고자 한 서막은 그렇게 시작됐다.

아이디어보다 실행의 중요성을 깨닫다

스스로 택한 변화에도 고비는 찾아왔다. 대학 졸업반 시절, 취업 대신 창업을 시작한 후 벌인 몇 개의 사업에서였다. 들여다보면 지나치게 시대를 앞서간 때문이라고 볼 수도 있는데, 당시 박지영에겐 절박한 심정을 갖게 할 수밖에 없던 사연들이기도 하다.

　박지영은 당시 같은 컴퓨터학과 남자 동기였던 이영일(現 컴투스 부사장), 학교 선배 현유진(前 컴투스 퍼블리싱 팀장)과 함께 일인당 500만 원씩 내기로 하고, 보문동 옥탑방 월세를 얻어 창업에 도전했다. 1996년이면 디지털 물결이 일던 무렵이라 명문대학 컴퓨터 관련학과 졸업생이면 대기업 취업도 비교적 쉬웠던 시기다. 집안의 반대도 있었을 테고, 무엇보다 성공하리란 보장도 없는 창업에 뛰어든 이유가 궁금했다.

　"운이 좋았던 게 언니가 이미 컴퓨터 관련 학과를 졸업하고, 대기업에 들어가 있어 부담이 적은 편이었죠. 창업 결심은 언니의 대기업 생활을 보면서예요. 그렇게 특별하진 않더라고요. 물론 좋은 기업문화가 있고, 직원들 교육에도 많이 투자해 사원들이 좋은 교육을 많이 받는다는 점은 부러운 모습이었지만 '내가 정말 하고 싶은 일을 할 수 있는 환경인가'라는 측면에서 볼 때, 생각했던 거와는 달라 보였죠. 컴퓨터학과 졸업생들이 앞에서 일을 추진해 나가는 입장이 아니라 기획하는 사람은 따로 있고, 뒤에서 그걸 처리하는 업무가 중점이라는 생각이 들었거든요. 직접 마음 맞는 사람들과 일하며 좋은 경험도 하고 돈도 벌면 좋겠단 생각에 창업을 결심했습니다. '안 되면 그때 회사 들어가면 되지'라는 생각도 있었거든요."

원하지 않는 업무를 소화하는 조직 구성원보다는 창조적인 일을 하고자 하는 바람에 의해 창업에 도전했다는 뜻이다. 초기자본금은 3인 각자 500만 원씩 추렴키로 했지만, 자금을 내놓기 어려운 이도 있어 1200만 원이 모아졌다. 600만 원 사글셋방에 컴퓨터 3대를 구입하고 나니 남은 돈이 얼마 되지 않았다. 일단 돈부터 벌어 시작하자고 의견을 모았다.

셋이 뭉쳐 처음 낸 사업 아이템은 MP3플레이어였다. MP3 포맷이 처음 나온 걸 보고, 얼마 지나지 않아 기존 음악기기들을 대체할 거라는 생각에 만들어보자고 의기투합했다. 그러나 MP3 플레이어는 제조생산기반이 갖춰져야 가능했기에 돈 없는 이들에겐 무리였다. 고민 끝에 MP3 음악파일을 내려받는 서비스를 해보자는 생각으로 아이템을 수정했지만 이마저도 여의치 않았다. 음악파일을 그냥 다운받으면 저작권 침해가 될 수 있단 사실을 알게 됐기 때문이다. 이후 인터넷이 생겨나는 걸 보고선 웹호스팅(Web Hosting, 인터넷 홈페이지를 운영해 주는 서비스업)을 생각했다.

"저희 회사 '컴투스닷컴' 웹페이지를 96년, 그때 만들었어요. 주위 사람들에게도 웹페이지 만들어야 된다고 말했지만 이해를 못하더군요. 그때 알았죠. 사람들이 몰라 하지 않는 게 아니라 당장 해야 할 필요가 없어 안 할 뿐이라는 사실을."

대기업들도 자사 웹페이지가 없던 당시였다. 박지영 멤버들의 아이디어가 얼마나 앞섰는지를 짐작 가능케 하는 대목이다.

웹호스팅에 대해서도 사람들 반응이 신통치 않자 PC통신에서 정보 콘텐츠를 제공하는 IP(information provider, PC통신망을 통해 정보를 제공해주고 대가를 받는 사업자)사업을 시작했다. 하드웨어 동호회를 만든 멤버 출신들이기에 컴퓨터 하드웨어 관련된 정보를 PC통신에다 제공하면서 돈을 벌었다. 유지비와 생활비 정도만 벌었을 뿐, 큰돈은 벌지 못했다. 즉 수익성 모델은 아니었다. 그 사이 MP3플레이어가 등장했다. IP사업자 등록 절차가 까다로웠던 탓에 신청에서 서비스까지 1년이란 시간이 걸리는 동안 벌어진 일이다.

"아이디어는 누구나 다 내놓는구나, 결국 중요한 건 실행하는 힘임을 깨달았죠. 이후에 일단 실행하려면 돈이 있어야 되고, 할 수 있는 사람도 필요하고, 그래서 우리가 할 수 있는 걸 찾아야겠다 싶어 투자를 받기로 생각했습니다."

지인에게서 투자 받은 2000만 원에 모아둔 돈을 더해 제작한 결과물이 PC통신망 통합검색엔진이었다. 하이텔, 천리안, 나우누리, 유니텔 등 당시 PC통신이 저마다 다른 망을 갖추고 있어, 사용자들이 원하는 정보를 쉽게 찾을 수 없다는 점에 착안해 나온 아이디어였다. 4개의 망을 통틀어 검색하면 사용자가 원하는 콘텐츠가 어디에 들어있는지를 알려주는 검색엔진을 만드는 프로젝트였다. 지금의 네이버가 포털업계 1위에 오른 이유가 바로 이 검색엔진을 통해서임을 생각해보면 아주 뛰어난 사업 아이템이라고 할 수 있었다. 박지영은 리스크를 줄이기 위해 사용자들의 설문조사를 벌이는 등 나름의 철저한 사전준비를 거쳐 제작한 결과물을 들고, PC통신업체를 찾아갔다. 하지만 담당자들은 박지영 멤버들의 생각과 전혀 다른 반응을 보였다. 보자마자 어렵다고 말했다. 예컨대 하이텔에 찾아갔을 때 '검색했는데 천리안에 정보가 더 많으면 어떻게 할 건데', '천리안에 있는 정보를 내가 왜 보여줘야 하나' 등 딱히 필요도 없고, 오히려 위험요소로 지적했다. 박지영은 당황스러웠다.

"너무 놀랐죠. 이전까지 유저들 대상으로만 조사했어요. 친구들과 선후배 등 주변에 있는 사람들한테 물어봤을 때는 다들 '너무 필요한 서비스'라고 말했거든요. 그런데 PC통신업체 담당자들에게 제작물을 보여주자 냉담한 반응을 보이더군요."

대량의 정보를 담을 것을 예상, 대용량의 하드디스크가 필요하단 판단으로 하드디스크까지 해외서 공수해올 정도로 공을 들였던 검색엔진 사업은 론칭조차 해보지도 못하고 그렇게 끝이 나고야 말았다.

"또 한번 깨달았죠. 만들 수 있고, 소비자가 원한다고 다 되는 건 아니구나. 파트너사가 있고, 협력사가 동의를 하고 같이 좋아할 수 있는 서비스여야 살 수 있구나."

박지영이 창업을 결심하고 벌인 일들을 들여다보면 놀라지 않을 수 없다. 투자만 제대로 받았다면 대부분 대박을 터트리고도 남을 사업 아이디어들이기 때문이다. 물론 그랬다면 지금의 모바일게임 업계 1위 컴투스의 존재는 알 수 없겠지만 말이다.

스물넷, 2억 5천만 원의 빚을 떠안다

앞선 사업들이 박지영에게 인생의 쓴맛을 알게 했다면, 이후 손을 댄 하드웨어 제조는 실패가 무엇인지를 뼈저리게 경험하게 만들었다. 스물 넷의 젊은 나이에 2억 5000만원의 빚을 떠안은 대형 사고를 쳤기 때문이다.

MP3플레이어, IP사업, 검색엔진 등의 사업들을 거치는 사이 박지영은 혼자 사업을 꾸리는 처지가 됐다. 함께 아이디어를 내고 실무를 함께 담당했던 남자 멤버들이 병역특례병으로 산업체에 들어가는 등의 이유로 경영과 실무를 총괄해야 하는 역할이 박지영 몫으로 남겨졌다. 그렇게 홀로 남았어도 사업은 계속 이어졌다.

"이영일 부사장이 하루는 'DDR(Dance Dance Revolution)게임이 일본서 출시되는데 콘솔기기로 들어가게 될 거다. 댄스발판은 국내에 들어오기 힘들 뿐더러 출시돼도 고가라 사용자들이 쉽게 구매하기 힘들 것으로 보이니 이걸 만들어보자'고 하더군요. 저희가 사무실 차려놓고 1년 동안 오픈 못했다고 했잖아요. 그때 우리가 뭐했겠어요. 컴퓨터도 3대 있겠다. 연결해놓고 게임했죠. 게임하던 도중에 DDR발판이 보인 거예요."

일은 조금씩 규모가 커져 갔다. 지인을 통해 공장을 소개받았고, 시제품을 만들어 게이머들 대상으로 조사한 결과도 좋았다. 대량생산키로 결정했다. 자재를 구입해 공장을 가동시키기 위해선 돈이 필요했다. 기술보증기금으로부터 2억 5000만 원을 대출받아 DDR발판 대량생산에 들어갔다. 박지영이 일을 크게 벌인 이유는 있었다. 게이머들을 대상으로 한 사전조사 반응이 좋았던 데다 공장에서까지 사장이 어디서 'DDR발판이 수익성이 좋다'는 이야기를 들었는지, 홈쇼핑 같은 곳들을 알아보겠다고 나섰을 정도였다. 단가를 낮추기 위해서도 대량생산은 선택이 아닌 필수여야만 했다.

문제는 생산에 들어가면서 공장 사장과의 커뮤니케이션에서 불거졌다. 생산물량을 정해진 날짜에 출하시켜주지도 않았고 심지어 만남 자체를 피할 때도 있었다.

"사장님이 50대이셨는데, 20대 초반의 새파랗게 젊은 여자아이가 공장 찾아와서 '이건 왜 안 했냐, 저건 왜 안 되어 있냐'고 말하니까 듣기 싫었던 거죠."

제품단가도 예상만큼 낮아지지 않았다. 생산단가가 높으니 판매가격도 자연 높을 수밖에. 설상가상으로 중국산 저가 DDR발판이 쏟아져 나왔다. 판매 부진이 아니라 판매 자체가 힘든 상황이 됐다. 결국 박지영이 만든 제품은 '마니아들만 찾는 고사양 DDR발판'으로 유저들 기억에 남은 채, 시장에서 사라졌다.

타격은 심각했다. 24세에 2억 5000만 원의 빚을 떠안게 됐다. 더욱이 대출 받을 때 여자여서 대표이사 보증은 물론, 친부모와 현재 남편인 이영일 부사장의 부모까지 연대보증을 섰다. 도망치고 싶은 마음이야 굴뚝같았지만 그럴 수도 없는 상황이었다.

"몸무게가 37kg까지 빠졌어요. 샤워를 하면서 거울에 비친 제 모습을 보고선 엄청 놀랐죠. 갈비뼈가 너무 앙상해 기타를 쳐도 되겠단 생각이 들 정도였거든요."

제조공정의 생리를 몰랐기에 생긴 일이었다. 아이디어와 디자인만 공장에다 넘기고선 자재구입부터 생산까지 모든 것을 공장에서 하도록 내버려 둔 부분의 잘못이 컸다. 생산에 필요한 제작비도 일괄 지불한 상태였으니 공장에서는 아쉬울 것이 전혀 없었다. 박지영은 더는 끌고 갈 사업이 아니라는 판단에 손을 떼기로 작심하고 생산을 중단했다.

"이용당했단 느낌이 좀 들었어요. 물론 그것도 제 잘못이죠. 공장 사장님하고의 관계를 제대로 정립하지 못한 부분이 컸어요. 모르는 게 너무 많다보니 공장을 컨트롤할 수 있는 부분이 하나도 없었습니다. 깨달은 건 있죠. '내가 모르는 건 하면 안 되겠다, 모르는 건 쉽게 덤벼들 일이 아니구나'라는 사실을요. 우리가 경영을 시작할 때 사람, 자본 등 중요한 몇 가지 요소가 있다고 이야기하잖아요. 그게 왜 중요한지도 딱 알겠더군요."

쓰라린 패배를 맛보긴 했어도, 이때의 경험은 박지영에게 소중한 자산으로 남았다. 하나의 기업을 경영하기 위해 준비되어야 할 점이 무엇인지, CEO로서 가져야 할 가치관과 결단력이 무엇인지를 배운 시기였다.

시련을 겪었음에도 물러서지 않고 더욱 도전에 매달렸다. 2억 5000만 원이 한순간에 날아간 상황, 인정하기도 받아들이기도 힘들었지만 스스로를 추슬러 마지막으로 새로운 사업을 한번 더 해보자고 마음먹었다. 창업 시작할 때 '안 될 경우엔 기업체에 취업하지'라는 차선책도 머릿속에서 지워버렸다. 이유는 간단했다.

"정말 깔끔하게 정리하기 힘들었어요. 칼자루를 빼고 부모님에게서까지 돈 빌리고, 큰소리 치고 시작한 일인데 '빚만 2억 5000만 원 쓰고 끝났다'는 스토리로 결말 짓고 싶진 않았어요. 때마침 모바일게임 사업 제의가 들어와, 그걸로 계속하면 되겠다는 생각이 들었습니다. 미련이긴 했지만 그런 생각이 들었어요."

할 수 있고, 좋아해 모바일게임을 시작하다

DDR발판 사업 실패로 의기소침해진 상황에서 병역특례로 복무 중이던 이영일 부사장과 함께 머리를 맞댄 결과, 새로운 아이디어가 떠올랐다. 다가올 무선 인터넷 시대에 대비해 모바일에 제공하는 게임 콘텐츠를 만들어보자는 생각이었다. 모바일게임을 떠올리며 박지영의 가슴은 뛰기 시작했다. IP사업을 하면서 느낀 바가 있었기 때문이다.

"사람들은 게임처럼 자기가 좋아서 하는 경우와 증권투자처럼 돈벌이와 관련한 정보를 얻기 위한 경우, 이 두 가지 경우 외엔 돈을 쓰지 않아요."

게임은 박지영의 멤버들이 학창시절부터 즐겨온 터라 누구보다 잘 만들 수 있으리라는 생각까지 들었다. 더욱이 큰돈 들지 않아도 되는 사업이라는 점이 실패로 닫혀있던 마음의 빗장까지 풀어놓게 했다.

"화려한 그래픽으로 승부내야 하는 PC게임 개발엔 역량이 뛰어난 그래픽 디자이너들과 많은 개발자들이 필수기 때문에 자금이 확보되지 않으면 도전조차 쉽지 않아요. 기획력만 갖고 할 수 있는 게임 사업을 생각하다보니 모바일게임 사업으로 밑그림이 그려졌습니다. DDR발판 제작 실패에서 얻은 교훈인 '잘 아는 일을 하자'에 맞춰서 소프트웨어 개발자만으로도 가능한 일이었기에 도전했죠."

모바일게임에 뛰어든 이들이 없다는 점도 박지영을 자극했다. 빌링시스템(billing system, 통신서비스 사업자가 서비스를 이용하는 가입자에 대한 사용요금을 계산 청구하고, 수납하는 등의 요금 관련 업무를 자동으로 처리 해주는 전산 시스템)이 없던 시절인데다 이동통신사 측에서도 '해보고 나서 잘 되면 그때 같이 돈 벌자'는 식이어서 수익이 나지 않은 사업에 손을 대려는 이들이 없었기 때문이다.

그것이 오히려 아무도 시도하지 않은 곳에서 성공해 보고 싶다는 박지영의 욕심에 불을 지폈다.

박지영은 '이번이 마지막'이라는 마음가짐으로 모바일게임 사업을 벌였다. 당시 휴대폰은 흑백 컬러에 텍스트만 있고, 그림이 하나 정도 들어가는 수준이어서 어렵지 않게 몇 개의 게임을 빠르게 만들어냈다. 그 다음으로 무선 인터넷을 처음 시작한 LG텔레콤(당시)에 메일을 보냈다. 만나자는 답신이 왔고, 관계자들을 만나 프레젠테이션을 진행했다. 운도 따랐다. 마침 이동통신사들이 엔씨소프트, 넥슨과 같은 온라인게임 업체에다 콘텐츠 제작을 의뢰했는데 하나같이 퇴짜 맞고 나온 상황이었다. 이통통신사 입장에선 박지영의 제안이 반가울 수밖에 없었다.

반응이 좋아서였는지 제작에서 서비스까지 빠르게 일이 진행되어져 갔다. 5개 이동통신사(SK텔레콤, LG텔레콤, KTF, 한솔, 신세계) 플랫폼이 HTML을 쓰는 곳, XML을 쓰는 곳 등등 사용언어는 제각각이었지만 조금씩 프로그램을 바꿔서 LG텔레콤 외에 KTF, 신세계, 한솔 등 다른 이동통신업체에도 서비스를 시작했다. 만만치 않았던 SK텔레콤도 노력 끝에 2000년 2월에 서비스를 시작했다.

박지영은 이즈음 마음속으로는 앞으로 모바일게임에 주력하겠다고 결정했다고 한다. 예상 외의 사용자 반응 때문이었다. 서비스 실시 후, 기대 이상으로 사람들이 재밌어 하고, 장시간 게임하는 모습을 보고서는 사람들이 휴대폰으로 즐길 무언가를 찾고 있단 생각이

들어 향후 모바일게임의 무한 성장 가능성 내다봤다.

"우리가 생각하기엔 단순한 게임인데 사람들이 너무 열심히 하는 거예요. 잘하면 이 시장을 키울 수 있겠다는 생각이 들었죠. 이번 사업이 마지막이라고 생각했기 때문에 투자 받자고 생각했어요. DDR 발판 사업 실패로 생긴 빚도 갚아야 했던 터라 이영일 부사장이 병역 특례를 받던 인포뱅크로부터 2억 5000만 원을 투자 받았죠."

인포뱅크는 박지영 멤버들에게는 구세주와 같았다. 사람과 아이디어만 보고 선뜻 투자해줬고, 다른 벤처캐피탈 업체를 소개해 주고 설득까지 도와주었다. 투자유치는 비교적 순조롭게 진행됐다. SK텔레콤을 비롯한 국내 모든 이동통신사에 서비스되고 있었고, 전체 시장점유율 70% 이상이라는 가장 객관적인 데이터를 갖고 있었기 때문이다. 결국 2000년 5월, KTB네트워크를 비롯한 3개의 창투사로부터 40억 원의 투자유치를 이끌어냈다.

"타이밍이 좋았어요. 당시 휘몰아치던 벤처 열풍 속 '묻지마' 투자의 막차를 탄 케이스였죠. 대부분의 벤처회사들이 온라인 중심 투자를 마치고 '마지막으로 모바일도 좀 할까'라는 식으로 투자할 곳을 찾던 시기였는데, 모바일로 할 수 있는 콘텐츠 중에 게임이 가장 눈에 띄었던 거죠."

2억 5000만 원 대출금으로 시작한 사업이 실패로 끝난 직후, 40억 원 투자를 받아낼 배포가 있었다는 사실이 적잖이 놀랍기도 하다.

"사실 처음에 사업한다고 했을 때도 투자해준다는 분이 계셨는데, 무서워서 받지 못했어요. 투자가 뭘 의미하는지도 몰랐고, 이분이 그때 당시 2억 원 정도 이야기하셨는데 성공을 장담할 수 없는 상황에서 어떻게 해야 할지 몰라 포기했거든요. 모바일게임 사업에 뛰어든 당시엔 가릴 처지가 아니었습니다. 사업을 성공시키는 게 보다 중요했고, 그러려면 돈이 필요했습니다. 사람도 뽑고, 사무실도 넓히고, 일할 여건이 갖춰져야 했으니까요. 있는 돈으로 할라치면 점점 어렵겠다는 판단이었습니다. 그때 투자를 받으면서 주식회사 개념이 뭐고, 법인을 왜 만들어야 되고, 증자는 어떻게 해야 된다 등등 사업전반을 공부한 거죠. 이전까지 그냥 개인사업자였거든요."

박지영이 성공을 확신한 것은 SK텔레콤과 손잡고 처음 서비스한 국내 최초 모바일 롤플레잉 게임(RPG)인 '춘추열국지'가 엄청난 인기를 끌어 모으면서부터다. SK텔레콤에서도 사용자들의 반응이 뜨겁자 빌링시스템 준비 작업에 들어갔다.

"SK텔레콤에서 엔탑(n.TOP, 지금의 네이트) 서비스가 처음 시작됐는데, 게임이 너무 잘 나온 거예요. 저희는 돈을 받지 못했지만 유저는 요금을 내고 썼어요. 그때 당시 '몇 초당 얼마' 식의 시간당 요금을 낸 걸로 아는데, 엄청났던 거죠."

2000년 10월, SK텔레콤이 빌링시스템을 개시하면서 컴투스는 수익을 내기 시작했다. 최초 월매출 2000만 원. 게임이 가능한 무선인터넷 단말기가 시장에 한 종류 정도 풀린 수준에서 나온 매출액임을 감안할 때 컴투스의 성공은 틀림없어 보였다.

성공을 예감하면서도 내심 불안한 마음도 적지 않았다. 사용자들이 요금을 너무 많이 내고 있는 점이 걸렸다. 실제로도 요금이 많이 나왔다는 유저들의 항의 전화가 회사로 걸려왔다. 기존 방식으로는 시장이 커지기 힘들겠다는 판단이 들 무렵, 자바(JAVA) 플랫폼이 등장했다. 게임을 폰에 다운로드 받아 사용할 수 있어, 인터넷 사용을 하지 않아도 되는 방식이다. 자바폰은 2000년 LG텔레콤에서 처음 출시됐는데, 이때 컴투스가 맞춤형 게임을 만들어냈다.

"플랫폼 변경이 쉬운 선택은 아니었죠. 프로그래밍 구조도 기존 단말기는 웹프로그래밍에 가까운데 자바폰은 완전히 어플리케이션 프로그램이거든요. 디자인도 일러스트에서 픽셀그래픽으로 바뀌는 상황이었어요."

박지영은 다운로드 방식으로 완전 전환을 결심했다. 기존 WAP

(wireless application protocol, 휴대전화기 등을 인터넷과 연결하는 기술) 방식으로는 당장 돈은 벌지 몰라도, 오래 가지 못 하리라는 판단이 섰기 때문이다. 결정을 내리자마자 신속하게 전환을 실행해야겠다는 생각으로 회사 내 대규모 인력교체까지 시도했다.

빼앗긴 업계 1위, 테트리스로 되찾다

모바일게임 업계에서 줄곧 1위를 고수하며 승승장구하던 박지영의 컴투스에도 제동이 걸렸다. 추억의 게임인 갤러그 라이선스를 경쟁사에 빼앗기면서부터다. 모바일게임이 국내 IT업계에서 서서히 자리를 잡아갔지만, 많은 이들은 여전히 모바일게임에 대해 잘 알지 못했다. 사용자들을 불러 모을 킬러콘텐츠로서 갤러그는 꼭 가져와야 할 게임이었다.

"당시 휴대폰에서 갤러그가 된다는 사실은 큰 반향이었어요. 모바일게임에 대해 궁금해 하시는 분들에게 우리가 만든 모바일게임을 보여드리면 '이런 게임 있었나' 라는 반응인데 '휴대폰에서 갤러그도 됩니다' 라고 말하면 모바일게임을 바로 이해하셨거든요. 갤러그 라이선스를 놓친 이유는 너무 쉽게 생각해서였어요. 저희 생각엔 업계 1위고, 다른 경쟁사보다 기술력도 뛰어나고, 개발자 인력도 많고, 시장점유율도 높으니까 당연히 우리에게 줄 거라 예상했던 거죠. 갤러그를 놓쳤으니 업계 1위는 내어줄 수밖에 없었습니다."

박지영은 보고만 있지 않았다. 대안을 생각해내야만 했다. 회사 직원들 모두 누구랄 것도 없이 테트리스를 지목했다. 갤러그를 잡을 비책으로 테트리스만한 게임이 없음을 모두가 알고 있었기 때문이다.

"테트리스가 갤러그보다 훨씬 강하다고 판단할 수밖에 없는 것이 여성 유저들까지 아우를 수 있는 게임이기 때문이죠. 훨씬 대중적이잖아요. 그때부터 테트리스 라이선스를 가진 회사를 찾기 시작했습니다."

테트리스 저작권자와 어렵사리 연락이 닿았다. '테트리스 라이선스 업무를 대신할 수 있는 법무대행사를 지정하려고 하니, 그쪽이랑 이야기 해 보라'는 연락이 왔다. 테트리스 라이선스 취득 준비로 발을 동동 구를 즈음, 박지영에게 행운이 찾아들었다. 최종결과가 나기 전 들른 미국 샌디에고에서 열린 브루(BREW) 컨퍼런스에서였다. 각국의 게임업체 사람들과 인사를 나누다 미국에 테트리스를 서비스하려고 준비차 들른 테트리스 회사 직원을 만나게 됐다. 의도적으로 접근해 식사자리를 마련, 컴투스의 존재를 알렸다.

"한국서 왔다고 이야기하니까 테트리스 회사직원이 'KOREA? 우리 지금 거기에 라이선스 주려고 하는데, 진짜 웃긴 회사가 있다. 처음 들어보는 조금만 회사에서 이런 조건을 내걸었다'고 말하더군요. 바로 그 자리에서 '거기가 우리 회사야'라고 시작해 사업계획을 상세하게 들려줬죠."

이날 테트리스 회사 직원과의 만남은 결정적이었다. 컴투스가 제안한 사업계획서를 반신반의하던 상황에서 박지영을 통해 구체적인 사항을 듣고 나서야 최종후보로 컴투스를 올려줬기 때문이다. 경쟁조차 못해보고 끝났을 상황을 반전시킨 거나 다름없었다.

"컴투스가 3년간 어떤 식으로 돈을 벌겠다고 낸 자료를 보고 깜짝 놀랐다고 하더군요. 그전까지는 한국 시장을 아주 작게 본 거예요. 우리가 국내시장을 누구보다 잘 아니까, 테트리스가 론칭되고 나면 어느 정도 파워가 있을지를 알기에 자신 있게 이야기했죠."

회사로 돌아온 후에 희소식이 찾아들었다. '최종 후보에 올랐으니 본사인 하와이로 오라'는 말에 직원 모두가 환호성을 내질렀다.
그러나 기쁨도 잠시였다. 상황이 묘하게 돌아갔다. 최종 후보 중

다른 한 곳이 공교롭게도 갤러그를 가져간 업체였다. 선택의 순간이 아니었다. 무조건 이겨야 하는 상황이 됐다. 박지영은 '테트리스를 놓치면 게임 오버'라는 절박함을 안고 하와이를 찾았다.

"가는 곳이 하와이인 줄은 알고 있었지만 막상 가보니까 사람들이 공항에서도 수영복을 입고 돌아다니는 거예요. 종일 미팅할 것도 아니고, 호텔에 있는 시간이 훨씬 더 긴 데도 수영복조차 가져오지 않았단 사실을 깨달았죠. 수영복이라도 가져왔으면 해변에 나가 물놀이라도 했을 텐데, 온 신경이 라이선스 따는 데 가 있으니 계속 호텔에 앉아 있을 수밖에요. '어떤 전략으로 다가서야 이길 수 있을까?'라는 생각뿐이었죠."

박지영과 컴투스의 절박함은 모험으로 이어졌다. 회사 통장잔고 제로인 상황에서 계약금을 파격적으로 제시한 것이다. 그렇다고 박지영이 무모하게 넘빈 것은 아니었다. '미니멈개런티는 은행에서 대출받아 지불한다', '라이선스 취득 이후를 대비, 즉시 수익을 내기 위해 테트리스를 3가지 버전으로 사전에 만들어 둔다' 등 나름의 계산과 준비를 마치고 하와이를 찾았던 것이다.

'궁즉통(窮則通)'이라 했던가. 박지영은 절박함 하나만 갖고 컴투스가 낸 사업계획 실현 가능성을 설명했다. 돈이 많은 회사는 아니지만 계약금을 어떻게 지불할 것이고, 괜찮은 파트너가 될 수 있을 것이라고 거듭 설득했다. 결국 테트리스 회사는 박지영의 손을 들어 줬다.

"즉시 회사에 라이선스 취득 사실을 알리고선 그제야 수영복을 구입, 정말 시원하게 물놀이를 즐겼습니다."

박지영의 계산은 정확히 맞아 떨어졌다. 3년간 지불하겠다고 약속한 미니멈개런티가 당시 컴투스 연매출보다 높았지만, 2002년 8월 테트리스 서비스 실시 후 6개월 만에 빌린 금액 모두를 털어냈다. 테트리스 외에도 컬러폰 등장과 맞물려 출시된 컬러버전의 '폰 고도리', KBO와 정식으로 계약하고 제작한 최초의 프로야구 게임 '한국프로야구(현재 컴투스 프로야구)' 등이 폭발적인 반응을 얻으면서 갤러그로 빼앗긴 모바일 업계 1위 자리도 단숨에 찾아왔다.

'붕어빵 타이쿤'을 통해 답을 얻다

'테트리스', '폰 고도리', '한국프로야구', '붕어빵 타이쿤' 등의 잇단 성공으로 컴투스는 2003년 매출 118억 원을 달성했다. 2002년 매출이 32억 원이었으니, 3배 이상의 성장이다. 컴투스의 이런 성공이 외부로 알려지자 전체 모바일게임 사업자 수가 증가하기 시작했다. 돈을 잘 번다는 소문에 너도나도 모바일게임을 하겠다고 뛰어들었기 때문이다.

업체가 늘고, 출시되는 게임 수도 많아지니 과열 경쟁은 당연한 수순. 이동통신사 담당자들에 대한 영업까지 해야 됐고, 마케팅 비용도 늘면서 게임 콘텐츠 제작 비용도 자연히 올라갔다.

피해는 고스란히 컴투스로 돌아왔다. 2004년, 준비했던 코스닥 상장 심사에서 보류판정을 받았다. 증권 관계자들 눈에는 과열경쟁 중인 모바일게임 업체들이 이동통신사에만 의존하는 불안한 존재로 보였던 영향이 컸다. 회사 내부에도 타격이 가해졌다. 상장에 대한 기대가 컸던 만큼 임직원들의 사기는 떨어졌고, 분열 조짐까지 보였다. 회사가 잘 되면 상장하고, 상장되면 직원들에게 스톡옵션 주고, 주식도 일부 나눠주는 모습들이 당시 상장에 대한 일반론이었기에 코스닥 심사 보류로 인한 회사 내부 분위기는 침체될 수밖에 없었다. 결단이 필요한 위기의 순간, 박지영은 '붕어빵 타이쿤' 게임 제작 당시를 떠올렸다.

2000년 10월. 세계 최초로 모바일 자바게임을 만든 이후, 일본 게임업체들이 자바 콘텐츠를 가져가기 위해 컴투스 출입이 잦았다. 박지영은 이를 보고 자바게임을 해외로 수출해야겠다는 생각에 주위에서 소개받은 일본 게임업체를 방문했다. 컴투스가 만든 게임들을 보여주자, 일본 게임 업체 담당자들은 '많이 본 건데', '카피 했냐?' 등 일본 게임과 유사하다고 입을 모았다. 그때까지 익숙한 게임 위주로 콘텐츠를 제작했던 것이 사실이었기에 아무 대꾸도 하지 못했다.

그 반응을 자극 삼아, 박지영은 자존심을 건 한판 승부를 준비키로 마음먹고선 회사로 돌아와 순수 창작게임 개발에 매진했다. 그렇게 제작된 게임들은 일본시장 론칭 후, 뜨거운 반응을 불러냈다. 컴투스가 게임을 제공한 포털이 그 해, 2001년 KDDI에서 게임 분야 2위까지 차지했다. 컴투스 창작 게임이 일본에서도 인정받기 시작한 순간이었다. 당시 가장 많이 팔렸던 게임은 '타코야키 킹'. 일본 수출용으로 만들었던 만큼 일본문화를 게임에 담았다. 타코야키부터가 일본의 대표적인 길거리 음식이었으니까.

이후 일본에서의 성공에 힘입어 한국에서도 같은 포맷으로 만들어진 게임이 출시됐는데, 그것이 바로 '붕어빵 타이쿤'이었다. 200만 이상 내려 받는 기록을 세울 만큼 국내에서도 대단한 인기를 모았다. 지금도 컴투스하면 '붕어빵 타이쿤'을 생각하는 이들이 많을 정도로 당시 국내 모바일게임 업계에선 하나의 센세이션이었다.

그런데 코스닥 상장 심사보류로 위기를 느낀 순간, 박지영이 '붕어빵 타이쿤' 제작 당시를 떠올린 것은 왜였을까?

"많은 게임들을 서비스 해봤지만 정말 즐거운 경험은 '붕어빵 타이쿤' 같은 게임을 통해서 얻은 것 같았어요. 컴투스하면 테트리스가 아니고 '붕어빵 타이쿤'을 말하는 이들을 보면서 이전에는 없던 게임을 만들어 낼 때 사람들한테 기억된다는 사실을 깨달았습니다. 컴투스라는 브랜드를 사람들에게 알리는 일이 중요하다는 생각이 든 시작이었습니다. 컴투스만의 가치, 목표, 비전을 만들어야겠다는 생각이 들었죠. 그리고 한국 최고 모바일게임 브랜드가 아닌 세계최고 모바일게임 브랜드로 성장시키겠다고 결심했습니다. 그간 성장지향형이었던 회사 방향을 가치추구형으로 바꾼 시기도 이즈음입니다."

박지영은 이후 공격적으로 임했던 해외시장 서비스를 줄여 나갔다. 한국 · 유럽 · 중국 세 곳에 법인을 둔 터라, 부서장급 이상의 회사 결정권자들이 모두 해외에 머물고 있어 외부에서 볼 때 약점이 될 수 있다고 판단했다. 중요한 몇 곳만 남겨두고 나가 있는 인원을 내부로 불러들였다. 회사 내부적으로는 팀장급 이상 인원들의 임금을 70%로 동결했다. 자연히 이탈자가 생겼다. 남은 인원들과 결속을 다지며 회사 내실을 다지는 데 중점을 두고 회사를 꾸려 나갔다. 그러는 동안 모바일게임 업체 간 과열경쟁 시기도 지나면서 회사도 순이익이 많이 발생되는 구조로 바뀌기 시작했다.

위기를 넘기니 분위기가 반전됐다. 2005년, 미국 모바일게임 업체인 잼닷(Jamdat, 2005년 EA가 인수)과 글루모바일(Glu Mobile)이 나스닥에 상장되자, 여론이 동정론으로 돌아서기 시작했다. '미국에선 컴투스보다 매출도 작은 회사가 상장돼 시가총액 6000억 원을 넘어섰다던데 국내에선 코스닥 통과도 못하고 심사가 보류됐다', '국내 모바일게임 경쟁력이 굉장히 높은데 이러다간 해외시장 다 빼앗기게 생겼다' 등등, 산업에 대한 위기론이 언론을 통해 확산되기 시작했다.

"컴투스가 사업 초기에 공격적으로 투자를 받았잖아요. 그러면서 유사 투자가 많이 일어났는데, IT붐이 사그라지기 시작하고 업계 1위인 컴투스마저 코스닥에서 심사가 보류되니까 벤처캐피탈들이 발을 빼 후속 투자가 일어나지 않았어요."

박지영은 회사가 어느 정도 안정적으로 돌아가자 다시 해외진출을 모색했다. 박지영 자신은 물론, 회사 임원들 중 해외에서 살아본 이들이 없었기에 멘토의 필요성이 절실했다. 박지영은 과감한 결단을 내렸다. '해외에서 투자를 받자'. 투자 유치를 위해 국내 모바일게임 산업 비전에 대한 의구심도 불식시키겠다는 계산도 저변에 깔려 있었다. 생각이 정리되자, 외국 벤처캐피탈 설득에 나섰다. 8개월간 동분서주한 끝에 박지영은 2005년 8월, 미국 실리콘밸리의 IT 전문 벤처캐피탈 월든 인터내셔널과 스톰 벤처스로부터 각각 400만 달러씩 총 800만 달러를 유치하는 데 성공했다.

"컴투스가 흑자가 계속 나고 있는 시기여서 돈이 아쉬워서 받은 건 아니었어요. 해외사업을 하는데 있어 경험 많은 분들의 어드바이스나 멘토를 좀 받자는 이유가 첫 번째였고, 두 번째는 직원들 사기를 높여주고 싶었습니다. 코스닥 상장에 실패했다고 해서 외부에서 우리 가능성을 낮게 보고 있지 않다는 점을, 우리는 충분히 경쟁력 있는 회사라는 점을 인식시켜주고 싶었습니다."

해외 투자유치까지 성공으로 이끈 컴투스는 이후 꾸준한 성장세를 보여주며 모바일게임 업계 시장성의 건재함을 알렸다. 이를 발판으로 2007년 7월 6일, 기대했던 국내 모바일게임 업계 최초로 코스닥 상장을 성공시켰다.

스마트폰의 등장, 예상이 적중하다

박지영은 처음부터 휴대폰이 강력해질 것이라는 확신을 갖고 모바일게임 사업에 뛰어들었다. 투자 유치가 어려웠던 사업 초창기, 성능 좋은 PDA 등장에도 휴대폰에 대한 믿음은 흔들리지 않았다. 휴대폰이 아닌 PDA용 게임을 만들면 투자하겠다는 외국계 회사의 제안도 같은 이유로 고사했다.

"당시 PDA가 성능이 좋긴 했지만 세컨드 디바이스란 생각이 컸어요. 휴대폰 말고 하나를 더 들고 다니는 것은 귀찮잖아요. 그 둘을 하나로 모은다면, 필시 가장 똑똑해질 도구는 휴대폰이 될 것임을 믿어 의심치 않았습니다."

박지영의 예상은 적중했다. 2008년 12월, 국내 IT업계를 들썩이게 만든 사건이 터졌다. 애플 앱스토어에서 국내 모바일게임 업체가 만든 RPG게임인 '더 크로니클 오브 이노티아 : 레전드 오브 페노아'가 서비스 직후 유료게임 RPG 부문 1위에 올랐다는 소식이 전해지면서였다. 주인공은 박지영의 컴투스였다. 아이폰이 한국에 출시되기도 전이었다. 많은 이들이 '대박'이라 표현했지만 박지영을 아는 이들은 '당연한 결과'라는 데 입을 모았다. 10년 이상 모바일게임한 우물만 파 온 박지영의 시대를 내다본 안목을 누구보다도 잘 알고 있었기 때문이다.

스마트폰의 등장은 박지영의 해외시장에 대한 고민도 덜어줬다. 내놓는 게임마다 성공을 거둬 꾸준한 성장세를 보인 국내와 달리 해외시장에서의 성과는 생각만큼 따라주지 못 하는 실정이었기 때문이다. 한국은 위피(WIPI)가 들어오면서 플랫폼이 어느 정도 통일되었지만, 해외는 모바일 환경이 제각각이어서 플랫폼 변환 비용이 콘텐츠 개발 비용보다 훨씬 많이 들어가는 실정이었다. 국내보다 기술수준이 떨어지는 해외 휴대폰 사양도 서비스를 어렵게 만드는 요인의 하나였다. 한국시장에서 잘 만들었다고 평가받는 게임도 해외 휴대폰 단말기에 맞춰 그래픽과 메모리 용량 등을 조절하고 나면 평범한 콘텐츠가 되어 버렸다. 브랜드 인지도도 문제였다. 미국 진출 시 AT&T, 버라이존 등의 이동통신사 담당자들을 만나 컴투스의 게임을 보여주면 '캐릭터가 너무 귀엽지 않다'고 지적했다. 이들을 설득하기 위해서는 브랜드가 필요했기에 월트디즈니와 콘텐츠 제휴까지 맺어 디즈니 캐릭터로 게임을 만들어 서비스에 나섰다. 이처럼 해외시장에서는 모든 투자가 콘텐츠 개발보다는 현지화에 집중됐다.

이런 식으로 가다간 한계에 직면할지도 모른다는 위기감이 든 순간, 아이폰이 등장했다. 아이폰을 보자 박지영은 처음 모바일게임 사업을 시작하기로 결심했을 때처럼 또다시 가슴이 뛰기 시작했다.

"개발사 입장에선 콘텐츠 개발만 하면 바로 전 세계에 서비스할 수 있는 단일 단말기 시장이 열린 거죠. 그간 실제 고객의 니즈와 상관없이 로컬 사업자들의 구미에 맞춘 콘텐츠를 만들어내야 했는데, 그런 수고가 덜어진 겁니다. 아이폰 자체가 와이파이를 마음껏 쓸 수 있기에 사용자가 콘텐츠 요금을 걱정하지 않아도 된다는 이점도 컸고요."

스마트폰이 안겨준 성과는 놀라웠다. 컴투스가 본격적으로 앱스토어에 집중한 2009년에는 매출 317억 원, 영업이익 53억 원을 기록

했다. 2003년 매출 100억 원을 넘긴지 6년만의 일이었다.

출시된 게임에 대한 세계 유저들의 반응도 뜨거웠다. 앱스토어에 올리자마자 단숨에 1위를 차지한 '더 크로니클 오브 이노티아 : 레전드 오브 페노아'를 비롯, 한때 앱스토어 스포츠 장르 1위(미국 기준)까지 오른 '홈런 배틀 3D'는 2010년 애플이 뽑은 최고의 어플리케이션 50위에 선정돼 국내 어플로는 유일하게 '명예의 전당'에 이름을 올렸다. 2010년 8월 출시된 '슬라이스 잇!(Slice It!)'은 출시 보름 만에 애플 앱스토어 미국 전체 유료 앱 순위에서 2위를 기록함과 동시에 일본과 영국, 독일, 오스트리아, 스웨덴, 룩셈부르크 등 31개 국가에서는 국가별 1위에 올랐다. 이를 인정받아 같은 해 10월, '대한민국 게임대상'에선 모바일게임 최초로 '슬라이스 잇!'이 국무총리상인 최우수상을 받아 화제를 모았다.

외부에서의 박지영은 모바일게임 업계 1위 업체 컴투스 CEO로 다소 버거운 짐을 어깨에 올려두고 있지만, 집에선 다르다. 5세, 3세의 두 아이 엄마로 평범한 가정주부가 된다. 박지영은 아이들이 있어 행복감이 큰 요즘이라고 밝힌다. 아이들이 없던 시절엔 집이라는 공간이 업무의 연장선상에 놓인 곳에 지나지 않았기 때문이다. 남편이 사업 파트너였기에 회사에서 일어난 모든 일들에 대한 고민은 집으로도 이어져서 쉴 수 있는 공간이 없었다고 한다.

"코스닥에서 실패를 맛보고 힘들었어요. 결혼은 했지만, 남편은 중국에 가 있어 떨어져 있죠. 회사 사람들이 좋다고 해도, 가족과는 다르잖아요. 개인의 삶만 놓고 볼 때 '가진 열정을 다 쏟아 회사를 위한 인간으로 살아가는 삶이 과연 스스로에게 최선의 선택인가'라는 생각을 많이 했어요. 그때 가족이 필요하다는 생각이 들었어요."

회사를 성공시키기 위해 쉼 없이 달려왔던 만큼, 몸도 마음도 많이 지친 상태. 다른 사람들의 평범한 인생에 자신의 삶도 맞춰보자는 생각으로 2세 계획을 가졌다. 지금 박지영에게 새로운 활력소는 당연히 아이들이다.

서두에 언급한 로버트 프로스트의 '가지 않은 길'은 박지영이 중학생 시절 애송했던 시다. 박지영은 처음 시를 알았을 때는 몰라도 지금은 위안이 되어주는 시라고 밝힌다. 많은 인원을 거느린 최고경영자의 삶을 살면서 남들과 다른 방향으로 의사결정을 내릴 때 갖게 되는 불안감, 즉 '결정이 잘못돼 조직을 잘못 끌고 가면 어쩌나'와 같이 실패할 경우에 대한 두려움을 삭히는 데 많은 도움을 줬단다. 가지 않은 길을 선택해 외로울 수도 있지만, 성공한 후엔 남과 다른 가치 있는 결과들이 따라 올 것이고, 제대로 된 평가도 따르리라는 믿음. 현재 스마트폰의 등장으로 이전의 실패와 도전이 재평가 받았듯이 말이다.

사업 초기는 물론, 컴투스를 모바일게임 1위 업체로 올려놓은 현재까지도 박지영을 CEO로 내켜하지 않는 업계 대표가 더러 있다.

젊은 여성 CEO이기에 당연히 눈에 띄기 마련인데도 투명인간 취급을 한다. 컴투스라는 기본이 탄탄한 회사가 있음에도 그런 대우를 받으면 속상할만 한데도 박지영의 생각은 다르다.

"전 아무렇지도 않아요. 관심이 없으면 안 보이기 마련이죠. 대신 저는 그분이 보이니까 제가 손해 볼 건 없죠. 그 분들이 경쟁사 CEO를 분석 안하다는 이야기잖아요."

스스로는 '가지 않은 길'을 고집한 삶이 아니라고 밝히지만, 주위에서 보는 시각은 다르다. 이미 IT업계에서 박지영의 존재는 독보적이다. 행동 하나, 하나가 뒤를 따르려는 이들 눈에는 '가지 않은 길'을 걷는 존재로 보일 수밖에 없는 이유다.

모바일게임 사업 시작 당시부터 믿고 기다렸던 스마트폰 시대가 열린 지금, 박지영은 새로운 시대를 준비 중이다. 현재의 성공에만 안주할 수 없다는 생각에서다. 도착지도 분명하다. 종합게임회사로 발돋움하겠다는 계획. 준비 작업도 꾸준하다. 모바일은 물론, 온라인, 아이패드와 같은 태블릿PC, IPTV 등의 새로운 플랫폼까지 서비스하며 관련 콘텐츠 개발에 투자를 아끼지 않고 있다. 위기 속에서도 계속된 대안 마련으로 미래를 내다봤던 박지영의 지난 모습들을 본다면 글로벌 리딩 모바일 게임 기업이라는 목표도 머지않은 듯 보인다.

김남호

세계를 무대로
행복할 수 있는 꿈을 꾸다

KOICA 국제협력봉사요원

Profile

**KOICA
국제협력봉사요원**

출생	1985년 서울
학력	서울배명고등학교 졸업 서울대학교 농산업교육과 4학년 재학 중
주요경력	KOICA 국제협력봉사요원(08~10)
취미	운동(복싱, 수영, 자전거), 음악 감상
좌우명이나 좋아하는 말	
	하루하루 발전하는 삶을 살자

● 세계로 만행(萬行)의 길을 떠나다 ● KOICA, 우연이 맺어준 필연 ● 파라과이에서 인
생의 이정표를 세우다 ● 기다림과 무지에서 힘을 잃다 ● 혼자서 키운 멜론이 농민을
부르다 ● 문화는 우열이 아니라 차이일 뿐 ● 국제연합 식량농업기구(FAO)를 점찍다

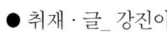
● 취재 · 글_ 강진아

세계로 만행(萬行)의 길을 떠나다

　　　　　　　　　　스스로 행복할 수 있는 일을 하고 싶다는 꿈을 품어왔다. 고등학교 시절부터, 대학시절까지 무수히 떠난 여행에서 늘 그 답을 찾고자 했다. 여행은 적잖은 배움을 남겼지만, 무엇을 해야 행복할 수 있을지 여전히 물음표였다.

　살아온 날들과 살아갈 날들. 그 가운데에서 인생의 터닝포인트는 대체 언제 찾아오는 걸까? 2006년, 김남호는 드디어 인생의 터닝포인트를 만났다. 무려 1년 동안의 가족 세계여행. 누구도 쉽게 상상하지 못한 일이었다. 하지만 그 첫 시작은 어머니의 말 한마디에서였다.

　어느 날, 어머니가 갑자기 1년 동안 세계여행을 가자는 말을 꺼냈다. 식구들 모두 처음에 어안이 벙벙, 다들 얼토당토 하지 않는다고

만 생각했다. 1년 동안 회사와 학교를 다 팽개치고 여행을 간다는 건 쉽지 않았다. 하지만 어머니는 한 가지를 주장하면 꾸준히 주장하는 여장부 스타일이었다. 잊을만하면 계속 말씀을 하시는 통에 가족들은 이내 긍정적으로 생각을 바꿨고, 본격적으로 계획을 짜기 시작했다.

"아버지께서는 다니시던 회사를 그만뒀고, 형이랑 저는 학교를 휴학했어요. 그리고는 저희가 살고 있던 집을 전세를 주고, 전세금으로 세계여행을 떠나게 됐죠."

다행히 아버지 직업은 주택관리사로, 이직이 비교적 쉽다는 점이 한몫 했다. 배낭여행으로 떠난 세계여행의 첫 시작은 아프리카. 이어 남미에서 3개월을 지냈다. 4개월이 됐을 즈음일까, 가족들 각자의 여행을 한 달 반 정도 하자는 이야기가 스멀스멀 피어올랐다. 가족들끼리 첫날부터 계속 시시콜콜 싸웠던 탓이다. 남미에서 가족 모두의 합의 하에 각자의 시간을 갖기로 결정했다. 부모님과 형은 쿠바에서 미국 쪽으로 건너갔고, 혼자 남미에 남았다.

"중남미가 너무 좋았어요. 그래서 남미에서 중미 쪽으로 올라가 파나마, 코스타리카, 과테말라 등을 여행했죠. 그때는 스페인어도 잘못했는데 시장이나 숙소에서 현지 사람들에게 말을 걸어보면서 친근함을 많이 느꼈어요. 이때부터 중남미의 자유스러움에 매료됐죠."

한 달 후 그는 미국 공항에서 가족과 재회, 유럽을 돌아 아시아로 건너갔고 티베트와 동남아시아를 거쳐 여행을 마쳤다.

"물론 세계여행을 다녀오고 나서 금전적인 문제도 생겼죠. 방이 2개로 줄어들어서 제가 마루에서 생활했던 기간이 2년쯤 돼요. 하지만 돈은 중요한 게 아니라는 생각이죠. 그보다 훨씬 더 많은 것을 얻었다고 자부해요. 딱 그 시기가 아니었으면 저희 가족이 그런 경험을 할 수 있는 기회가 없었을 겁니다. 세계여행은 저희 가족 모두에게 굉장히 큰 전환점이 됐습니다."

여행은 그의 인생에 큰 자리를 차지하고 있다. 여행을 통해 다양한 사람을 만나고, 이야기를 나누다보면 어느새 눈과 귀는 저 멀리를 비리보고 있다고 했다. 그는 세계여행을 했던 모든 순간이 소중하고 특별해 한 곳에 대해서만 이야기를 하기 어려울 정도라고 했다. 세계여행의 시간은 내내 만행(萬行)의 순간이었나.

"한국에만 있다 보면 쳇바퀴 돌 듯 같은 일상이 반복되고 자기 자신에 대해 생각해볼 시간을 많이 갖지 못하게 되는 듯해요. 하지만 반복되는 일상을 벗어나 새로운 곳에서 조금만 여유를 가지면 스스로를 뒤돌아볼 수 있는 기회가 많이 있다고 생각해요. 더 넓은 세상에서 다채로운 빛깔을 가진 사람들을 만나며 식견을 넓힐 수 있죠.

불교에 만행이라는 말이 있는데, 자신을 수행하기 위해 떠나는 여행을 말해요. 새로운 환경에 접한다는 것이 고생스럽고 두려울 수 있겠지만 새로운 자극제가 될 수 있죠. 세계여행을 통해 새로운 세계를 만나면서 저 스스로를 고민할 수 있는 시간이었어요. 제가 어떤 사람이고, 어떤 것을 좋아하며, 앞으로의 진로를 어떻게 할 것인지 깊이 생각하게 됐습니다."

세계여행을 하는 도중 유달리 그의 마음을 붙잡았던 것은 개발도상국이었다. 당시 그는 스스로 어떤 일을 해야 행복해질 수 있을지 진로를 고민하고 있었다.

"여러 개발도상국을 다녔어요. 처음에는 막연하게 개발도상국 사람들을 돕는 일을 하고 싶다는 생각을 했죠. 그 일을 하면 보람차고 행복한 인생을 살 수 있을 것 같다는 생각이 들었어요."

고3 시절, 수능이 끝나고 대학 면접을 본 후에 훌쩍 떠났던 인도여행도 그에게는 아직까지 생생하게 기억에 남는 여행이다. 대학 입학을 앞두고 편치만은 않았던 마음을 정리하기 위해 떠난 길이었다.

"사실 고등학교 때까지만 해도 저는 시야가 좁았어요. 무언가 목표를 정해서 나아가고 싶었지만 막연한 생각밖에 없었죠. 당시에도 막연히 한의대를 가고 싶다는 생각만 하고 있었을 뿐이었어요. 하지만 수능 점수가 제가 원하는 만큼 나오지 않아 잘 풀리진 않았죠."

대학 입학과 재수를 두고 진지하게 고민도 했다. 하지만 뚜렷한 목표 없이 다시 공부를 한다는 것도 자신할 수 없었다. 선택의 기로에서 그에게 가장 큰 위안이 된 것은 여행이었다. 그리고 그렇게, 우선 대학에 부딪쳐보기로 결정했다.

"우리나라에서 농업은 사양 산업이라는 인식이 크고, 농대를 보는 시선도 비슷했죠. 그래서 대학교 1학년 때는 방황도 많이 했어요. 하지만 농업 분야를 국내에만 국한하지 않고 해외까지 확대해보면, 국제개발 분야에 있어 굉장한 블루오션이라는 것을 알았죠. 특히 국제기구에서 활동하기 위해 전문분야를 갖는 것이 중요한 무기가 된다는 것도 깨달았어요. 농업이 상당한 어드밴티지가 될 수 있다는 생각이 들었죠."

그는 '소 뒷걸음치다가 쥐 잡는다'는 말처럼 운이 좋았다고 웃음 지었다. 더욱이 농산업교육이 자신의 성향에도 잘 맞았다고 한다. 하지만 세계라는 넓은 시각으로 한 걸음 더 나아가지 못했다면 깨달을 수 없었을 사실이다.

세계여행을 다녀온 후 그의 가족은 주변 친구들에게 '괴짜 가족'으로 불렸다. 그는 여행을 가기 전까지만 해도 그렇게 특별한 가족은 아니었다고 설명했다. 다만 주변에서 조금 특이하다고 말하는 것은 남들이 하지 않는 것들을 해서 그런 것뿐이라고 했다.

그는 매일 새벽 4시 30분에 일어난다. 집안 종교가 불교여서 온 가족이 새벽 4시 30분에 일어나서 좌선(명상)이나 절을 하는 시간을 갖는다. 세계여행을 갔다 온 후 엄격해진 집안 규칙이다. 아들 둘의 통금시간이 밤 10시인 이유도 10시에 들어와야 새벽 4시 30분에 일어날 수 있다는 것이었다.

"부모님께서는 저희에게 거는 기대가 커서인지, 독립할 때까지는 부모를 따라야 한다고 하세요. 일부 엄격하신 면이 있지만 본래 재미있는 분들이시고 저희의 의견을 많이 존중해주십니다. 부모님께서 늘 모범을 보이시기 때문에 저희가 존경하고 그만큼 따를 수 있죠."

세계여행은 그에게 떼려야 뗄 수 없는 돈독한 가족관계를 만들어줬다. 한국에 돌아오니 언제 싸웠냐는 듯 사이가 더 좋아졌단다.

"가족들 서로 간에 평소에는 알지 못했던 모습들을 많이 볼 수 있었어요. 서로를 속속들이 알게 된 거죠. 가족 간에 이해가 더 깊어질 수 있었고, 한국에 돌아와서는 서로에게 더욱 도움을 줄 수 있는 관계가 됐죠."

KOICA, 우연이 맺어준 필연

한국국제협력단(KOICA)을 처음 알게 된 것은 순전히 우연이었다. 여행을 좋아해 물 흐르듯 이곳저곳 다니던 그가, 대학교 1학년 때 한 달 동안 혼자 강원도로 무전여행을 갔을 때였다.

"강원도 영월 마대산에 갔을 때 날이 금세 어두워져서 잘 곳이 마땅치 않았던 적이 있었어요. 때마침 주변에 김삿갓 생가가 복원된 곳이 있어 혼자 하룻밤을 묵고자 했죠. 그런데 등산객 몇 명이 김삿갓 생가에 와서 함께 밤을 지새우게 됐어요. 다른 등산객 분들과 어울리면서 두런두런 이야기를 나누게 됐는데, 그 중 한명이 KOICA의 홍보동영상을 찍었던 프리랜서 PD였습니다. 그 PD 분이 제게 KOICA 활동을 추천해줬죠."

농산업을 전공하는데다 여행 다니는 걸 좋아하고, 새로운 도전에 두려워하지 않는 면이 제격이라고 했다. 그 역시 KOICA의 이야기를 듣고 귀가 번쩍 트였고, 딱 하고 싶은 일이라고 생각했다. 그렇지만 이때까지만 해도 마대산에서의 얘기가 자신의 인생을 바꿔 놓을 줄 미처 예상치 못했다.

그러다가 KOICA를 다시 떠올린 건, 2006년 세계여행에서였다. 어떤 일을 해야 행복할 수 있을지 진로를 고민하던 차였다. 개발도상국을 돌아다니며 지역개발 분야에서 활동하고 싶은 막연한 목표를 갖게 됐을 때, 과거 강원도 마대산의 인연이 다시 떠올랐다.

"KOICA의 경험을 통해 제가 과연 행복할 수 있는지 시험할 수 있는 기회가 될 수 있을 것 같아 결심하게 됐죠. 그래서 2006년 12월 세계여행에서 돌아온 후 1년 동안 열심히 준비해서 지원했습니다."

어쩌면 그때의 우연이 필연이었을지도 모른다. 전공이 농산업교육과이기에 KOICA에 지원할 수 있는 분야는 작물 재배였다. 사실 처음부터 쉽지는 않았다. 2007년 7월 그의 첫 지원 결과는 서류 심사 탈락. 꽤 쓴 맛을 느꼈다. 하지만 쓴 맛도 잠시, 한 번으로 포기하기에는 가슴에 품은 열정이 너무 컸다.

"저는 KOICA에 전화를 해서 제가 왜 탈락했는지 물어봤죠. 돌아온 대답은 '전공 연관성은 있지만 100% 연결이 되지 않아 탈락한 것 같다'는 말이었어요. 그리고 자격증을 준비하는 편이 좋을 것 같다는 조언을 얻을 수 있었죠."

  곧바로 자격증 취득에 돌입했다. 목표는 종자산업기사 자격증. 산업인력관리공단에서 발급하는 국가자격증으로, 육종학이나 재배에 관한 지식과 종자를 감별하는 기술을 필요로 했다. 하지만 앞으로 그에게 주어진 기회는 단 한번뿐이었다. 그 해에 종자산업기사 시험이 한 번밖에 남아있지 않았기 때문. 아슬아슬했지만 다행히 결과는 합격, 자격증은 그의 손에 들어왔다. 학교에서는 전공수업이 아님에도 불구하고 재배 관련 수업을 일부러 찾아서 들었고, 관련 지식을 얻고자 노력했다. 그렇게 부단히 준비한 끝에 2007년 12월, KOICA에서 당당히 합격 소식을 들을 수 있었다.
  작물재배 분야에는 베트남, 에티오피아, 파라과이, 에콰도르가 배정되어 있었다. 개인이 지원했다고 반드시 가는 것이 아니라 KOICA에서 희망국가와 전공, 적성을 판단해서 최종 배정을 했다.

  "세계일주를 했을 때 특히 남미가 좋았어요. 사람들이 친절했고 자연환경도 매력적이었어요. 스페인어를 배우고 싶다는 생각도 했고요. 그런데 여행 중에 남미 국가 중에서 유독 파라과이만은 가지 못해서 파라과이가 어떤 나라일까 하는 궁금증이 컸습니다."

파라과이를 택한 것은 세계여행 당시의 아쉬움에서였다. 파라과이에 대한 궁금증에 지원했고, 운이 좋게도 파라과이에 배정이 돼서 2년 동안 활동할 수 있었다. 국제협력봉사단원 제도는 일반 단원 제도와 달리 병역대체까지 가능했다. 한 해에 100명을 선발해서 대체복무로 인정해줬기 때문에 자연스레 병역 문제도 해결할 수 있었다.

파라과이에서 인생의 이정표를 세우다

KOICA에서 69명의 동기가 10여 개국에 파견됐다. 그 중 파라과이에는 각각 다른 지역에 3명이 파견됐다. 파라과이에 도착해 가장 먼저 한 것은 7~11주 동안의 현지적응 훈련이었다. 현지 가족들과 홈스테이를 하면서 언어와 문화를 배워나갔다. 2008년 6월부터 2010년 8월까지, 국내 훈련기간까지 포함하면 총 30개월. 파라과이에서의 삶은 새로운 시작이었다.

그 뒤에 '의브꾸이'라는 조그만 시골 마을에 파견이 됐다. 그 지역에는 KOICA와 파라과이 농림부가 함께 투자를 해서 만든 농장이 하나 있었다. 60헥타르 정도인데 올림픽 공원의 절반 정도로 채소 농장치고는 꽤 큰 규모였다.

"2008년 8월, 제게 주어진 임무는 농장을 다시 활성화시킬 수 있는 방법을 강구하라는 것이었죠. 제가 파견됐을 때 농장은 제 기능을 하지 못하고 있는 상황이었어요. 파라과이 농림부에서 농장을 방치하며 소홀히 관리한 탓이었죠."

농장 완공은 2002년이었다. 당시 농장이 설립됐던 취지는 농민 자립형 공동체를 이루는 것. 땅이 없는 지역 농민에게 토지를 나눠주고 농장에 입주하도록 권유해 농민들이 채소나 원예 재배를 통해 자생적 소득을 얻도록 하는 목적이었다.

"제가 파견되기 전에 이미 2명의 봉사단원이 활동한 전례가 있었어요. 그런데 봉사단원이 농장에서 마지막으로 활동했던 시기가 2004년으로, 봉사단원의 공백이 있었던 4년 동안 관리를 제대로 못해 문제가 생긴 겁니다."

그런데 그가 파견됐던 시기에 때마침 파라과이에서 대통령이 교체됐다. 60년 만에 정권이 교체되면서 같은 시기에 농림부 관리들도 전부 교체됐다. 새로 임명된 농림부 관리들은 다시 농장 프로젝트에 관심을 가졌다. 이내 농림부의 새 관리들이 농장을 시찰하고자 방문했고, 협력을 약속했다. 출발의 신호가 긍정적이었다. 그는 농장을 다시 활성화하기 위한 방법을 하나씩 찾아나가기 시작했다. 역시나 그의 눈에 가장 먼저 띈 문제는 관리 미흡이었다.

"KOICA는 농장을 지원해주는 역할이기 때문에 농림부가 농장을 제대로 운영하지 못하면 백날 밑 빠진 독에 물 붓기 밖에 되지 않았죠. 저는 관리를 체계화하고 의무화할 수 있는 제도가 필요하다고 생각했어요. 그래서 KOICA가 농장을 지원해주기 위해서는 그에 따른 책임 운영이 전제가 되어야 한다는 내용의 협정을 맺자고 했죠."

농장 설립 초기에 입주형 자립 공동체를 목표로 했다면, 새롭게 인프라를 활용해 지역 농민 전체를 대상으로 하는 영농교육센터로 만들자는 목표를 세웠다.

"그전에는 농장에 입주해서 농사를 짓는 소수 농민들만 농장을 활용하는 것이었다면, 새롭게 고안한 기능은 의브꾸이 지역 전체와 근처 지역의 농민들까지 망라하는 거예요. 그들에게 교육 훈련을 제공하는 중심지로서의 역할을 하고자 한 거죠. 교육 훈련뿐만 아니라 새로운 품종을 재배하고 기술을 보급하는 곳으로 말이죠."

농장의 새로운 목표를 달성하기 위해 농장 내 인프라를 적극 이용하자는 방안을 내놓았다. 예를 들어 온실의 경우, 한국에서는 온실이 흔하지만 파라과이는 더운 지역이라서 온실이 매우 드물었다. 하지만 파라과이도 겨울에는 온도가 꽤 낮기 때문에 온실의 효용성이 높았다. 비용 때문에 잘 쓰지 않을 뿐이었다.

"농장에는 KOICA에서 설치했던 온실이 있었어요. 저는 온실을 이용해 지역주민들에게 종자와 종묘를 보급했죠. '소농민 소득 증대 사업' 장소로 적극 활용해 성과를 올릴 수 있었어요."

남은 문제는 인프라 복구가 시급하다는 것. 농장이 완공된 지 7년 정도가 지났고, 중간에 관리가 제대로 안 됐기 때문에 농기구가 낡았거나 온실 비닐이 뜯기는 등 시설적인 면에서 문제가 매우 많았다. 사업 추진을 위해 농장 시설 및 농기구를 손보는 일부터 집중했다.

기다림과 무지에서 힘을 잃다

"KOICA에는 현장지원사업 제도라는 게 있어요. 봉사단원들이 해당 기관에서 일하다가 개선할 만한 상황이 보이면, 직접 사업을 구상하고 사업계획서를 작성해 사무실에 제출하는 거죠. 최대 5만 불까지 사업 추진이 가능하고, 사무실에서 검토 후 타당하다고 판단하면 사업비를 지원해주는 제도입니다."

그도 현지에서 생활하며 현장 지원 사업을 구상했다. 처음엔 4만 불 정도의 예산을 잡고 자신만만하게 사업 계획서를 완성했다. 하지만 이게 웬걸, 사업 제출시기에 갑자기 한국에서 외환위기가 터졌다. 당시 환율이 1800원까지 2배가량 뛰었고, KOICA에도 예산에 문제가 생겼다. 당연히 사업 예산은 깎였다. 생각보다 상황은 좋지 않았다. 처음 계획했던 비용의 1/4인 1만 불 이하로 예산이 책정됐다. 갑자기 예산이 대폭 감소되니 무척 당황스러웠다. 하지만 결국 처음부터 다시 사업 계획을 전면 수정했고, 오랜 시간을 들여 현지 소장과 상의해 1만 3천불 정도로 사업 승인을 받을 수 있었다.
하지만 사업을 추진하기에 앞서 꼭 해야 했던 것이 있었다. 바로 관련 기관의 책임과 의무를 규정하는 협정식이었다.

"그동안 KOICA는 시설과 장비를 지원하는 역할이었기 때문에 농장의 관리 체계에 관한 구속력이 없었죠. 농장에서 정치인이나 관계자가 장비들을 목적과 용도에 상관없이 사용해도 제재할 방도가 없었어요. 그래서 장비를 사사롭게 이용하는 것을 차단하기 위해, 협정문에 KOICA가 지원한 시설 및 장비를 파견된 봉사단원과 협의해서 관리해야 한다는 규정을 만들었죠."

그는 협정을 체결하기까지 구체적인 준비를 도맡아 했다. 협정문의 내용도 직접 작성했다. 앞으로 농장 제반시설에 관해 누가 어떤 역할로 관리하며 언제까지 어떻게 실시할 것인지에 대한 책임을 규정한 내용이었다. 농장 변화의 시작이 될 협정에 혹시 한 치의 실수라도 있을까봐 협정문을 수십 번 보며 검토했다.

협정은 KOICA 현장 소장과 파라과이 농림부 장관, 스웨덴계 다국적 기업 GRANULAR의 사장까지 세 명이 서명 체결했다. 농장에서 새로운 사업을 추진하는데 필요한 제반시설과 비용을 KOICA와 파라과이 농림부, 그리고 농장의 일부를 사용하고 있던 GRANULAR사가 나눠서 부담하기로 한 것이다. GRANULA는 파라과이가 원산지인 설탕 대체 감미료 스테비아라는 천연 식물을 농장의 일부를 활용해 재배하고 있어서 사업의 주체로 함께 참여하게 됐다. 하지만 협정식을 체결하기까지 과정은 쉽지 않았다. 그 시간은 그에게 마치 너무나 긴 터널 속의 기다림과 같았다.

"협정식을 성사하기까지 몇 개월이 걸렸어요. 제가 협정문을 완성하고 현지 소장님의 승인이 떨어졌는데도, 파라과이 농림부장관과 스케줄을 잡는 데만 몇 개월을 소모했죠. 약속을 잡고도 당일 날 취소해버리거나 3번 정도를 계속 연기했어요. 개발도상국의 관료주의가 너무 심해 답변을 받기까지 생각보다 한참이 걸렸죠."

결과적으로 사업 구상부터 계획서 완성, 사업 승인까지 수개월이 걸린 데 이어 협정 체결마저 3개월 정도가 더 지연되니까 그는 점점 지쳐갔다.

"사람이 목적을 갖고 뭔가를 하고 있을 때는 힘들지 않은데, 오히려 하고 싶은 것을 하지 못하니까 좌절을 겪게 되더군요. 집중하고 있는 일이 막히니까 제가 해야 할 일을 찾지도 못 하겠고, 기다리는 기간 내내 꽤 힘든 시간이었어요. 그래도 농림부가 농장을 관리할 수 있는 의지와 역량이 반드시 있어야 한다고 생각했기 때문에 참고 기다렸습니다. 당장이라도 사업을 진행할 수는 있었지만, 책임을 명확히 하는 협정을 하지 않고 시작해버린다면 또다시 흐지부지될 것이라고 생각했기 때문이죠."

'빨리 가려면 혼자 가고, 멀리 가려면 함께 가라'는 말처럼 잠시의 기다림을 참지 못하고 혼자만 빨리 가려했다면 사업 자체가 원점으로 돌아가버릴 수 있는 상황이었다. 결국 기나긴 기다림의 끝에 협정을 성공적으로 맺을 수 있었다. 하지만 그 즈음의 그는 의기소침한 상태였다.

"제가 농장에 처음 갔을 때 잘못된 생각을 갖고 있었어요. '뭔가 가르치러 왔다'는 생각을 한 겁니다. 하지만 정작 농장에 가니까 아는 게 참 없다는 생각이 들었어요. 학교에서 나름 공부를 열심히 하고 갔지만 제가 배운 것과 현지에서 필요한 것에는 괴리감이 컸죠."

그는 유전학이나 육종학을 주로 공부했고 재배학을 자세히 배우지 않았는데, 현지에서 실상 필요한 것은 '채소를 어떻게 키우느냐'였다.

"저는 실습 수업 빼고는 농사를 지어본 경험이 전혀 없었기 때문에 정말 곡괭이 잡는 법도 모르고 씨 뿌리는 법도 몰랐어요. 현지 사람들은 4년 만에 봉사단원이 왔고, 가르치러 온 사람이라고 해서 기대가 컸는데, 저는 그 사람들의 기대를 충족시켜주지 못했죠."

과거의 선배 봉사단원의 그늘 아래에 가려진 것도 그의 마음을 짓눌렀다. 현지 사람들은 틈만 나면 그에게 4년 전에 왔던 봉사단원이 이걸 가르쳐줬다, 이걸 해줬다 하면서 수없이 이야기를 늘어놨다. 선배 봉사단원은 원예학을 전공해 석사까지 마쳤고, 채소 원예를 했던 경험자였다. 때로는 꼬마 아이들이 밭에서 자라는 식물을 가리키며 이게 뭔지 아냐고 자신을 놀릴 정도였다. 그런데 실제 식물이 조그마할 때는 그게 배추인지 상추인지 토마토인지, 전혀 구별이 되지 않아 난감했다.

"아예 처음부터 솔직하게 난 잘 모른다고 하고 가르쳐달라고 했으면 좋았을 거예요. 모른다는 자격지심과 기대감에 부담이 돼서 그런지 아는 척을 더 하려고 했죠. 그게 오히려 더 마음에 부담을 키운 것 같아요. 한편으로는 농사를 직접 해본 적이 없었는데, 40도를 육박하는 파라과이 날씨에 곡괭이질을 몇 번 하니 금방 지쳤죠. 그래서 초기에는 제가 힘들게 노동하려고 온 것은 아니라는 안일한 생각으로 농사일도 멀리 했어요."

그렇게 정신적으로나 신체적으로나 힘들다는 생각이 계속 쌓이다 보니 스스로 무엇을 하고 있는지 알 수 없는 지경이 되어버렸다.

"할 수 있는 것도 없고, 아는 것도 없어서 도움이 안 되는 것 같아 무력했고 많이 힘들었죠. 지금 생각해보면 대기하는 시간에 차라리 농민들과 어울려서 농사를 지었어야 했어요. 삽질과 낫질을 하고 잡초 뽑는 일을 배웠어야 했다는 아쉬움이 많이 남아요. 농민들과 직접 대면하면서 더 친해질 수 있는 기회였는데 저 스스로 소극적으로 대했던 거죠."

그때 스스로를 이기기 위해 택한 방법은 달리기였다. 동네 근처에 작은 운동장이 있었는데 하루에 약 7km를 뛰었다. 뛰면서 스스로를 단련시키려 했고, 쌓여가는 스트레스를 해소하려고 했다.

"부모님과 커뮤니케이션을 하면서도 힘을 많이 얻었어요. 부모님께서는 제게 정신적인 스승과도 같죠. 부모님께 조언과 지혜를 얻으면서 제 자신을 돌아볼 수 있었어요. 그때 마침 형은 미국에서 인턴을 하고 있었는데, 제가 너무 외롭고 힘들어서 형에게 파라과이에 와달라고 부탁을 했죠. 형이 파라과이에 와서 함께 일주일 동안 여행을 했고, 의지가 많이 됐어요."

가족은 위기 때마다 늘 그의 뒤에 있어주는 든든한 지원자였다.

혼자서 키운 멜론이 농민을 부르다

그에게 가장 큰 성취감을 준 것은 '소농민 소득 증대 사업'이었다.

"농장을 영농교육센터의 중심지로 만들겠다는 목표를 달성할 수 있었어요. 무엇보다 수확량 증가를 통해 영세한 농민들의 소득을 증대시켰다는 게 가장 보람찼죠. 농장을 중심으로 근처 20~60km 떨어진 지역의 농민들까지 대상으로 확대했다는데 의미가 큽니다."

그 지역에 거주하는 농민의 대부분은 영세농민이었다. 소농민이라서 모아 놓은 돈이 없기 때문에 새로운 농사를 시작하려고 해도 하지 못하는 형편이었다. 보통 농민들이 재배하는 옥수수, 카사바, 면화는 소득에 크게 보탬이 되질 못했다. 면화를 제외하고는 거의 자신이 직접 먹는데 쓰려고 농작하는 것이었기 때문에 농업을 통해 얻는 소득이 굉장히 미미한 수준이었다.

"결국 소득을 올리기 위해선 채소 재배를 해야 한다고 생각했어요. 제가 추진했던 사업 중 하나가 한국산 채소 종자를 지원받아서 파라과이에 적용 가능한 작물을 시험 재배하는 것이었죠. 저는 참외부터 멜론, 토마토, 배추, 고추까지 다양한 재배를 시도했어요. 농민들에게 종자와 농자재를 나눠주고 채소 재배 방법을 교육했습니다."

동시에 농민들의 공동체를 형성하게 했다. 약 150명 안팎의 농민들을 대상으로 10~15명씩 인원을 구성해 농민 커뮤니티를 만들었다. 커뮤니티를 직접 방문해 채소 재배 과정을 꾸준히 모니터링했고 전폭적으로 지원했다. 커뮤니티를 통해 이전보다 훨씬 수월하게 재배과정을 관리할 수 있었다.

"시간이 지나고 점점 채소 수확에 성과를 거두면서, 농민들이 크게 기뻐했고 덩달아 저도 행복해졌습니다. 어린아이들까지 가세해 농민들 가족 전체가 농장에 와서 씨앗을 심고 즐겁게 일하는 모습을 보며 뿌듯함을 느꼈죠."

또 하나의 성과는 유통망 체계를 확보했다는 점이다. 10개 정도의 농민 커뮤니티가 동시에 생기면서 하나의 규모화를 이뤘고, 시장 접근성을 훨씬 높일 수 있었다. 자연스레 채소를 수매하는 유력 상인과 연결이 됐고, 시장과 슈퍼마켓 등지에 판매할 수 있는 연결망이 형성되면서 마케팅 효과를 톡톡히 볼 수 있었다.

"소농민 소득 증대사업의 목표는 농민들이 자기 스스로 돈을 버는 방법을 습득하게 하는 것이었어요. 봉사단원들이 현지에서 사업을 진행할 때는 운영이 잘 되지만, 늘 떠나고 나면 원상태로 복구되는 경우가 많았죠. 때문에 반짝 사업이 되지 않기 위해 농민들 스스로 농사짓는 방법을 익히고 소득을 늘릴 수 있는 능력을 길러주고자 이 시스템을 도입했어요."

그뿐만 아니라 장기적으로 농민 공동체와 소득 증대사업을 확산하기 위한 방안까지 마련했다. 바로 '소득 재투자'였다. 현지의 농촌지도소장과 함께 필드를 뛰어다니며 궁리한 방책이었다.

"저희는 농민들에게 사업을 통해 얻은 소득의 20%를 다시 환급하게 했어요. 그 돈을 저와 농촌지도소장님이 함께 관리했고, 농사를 다시 짓기 위해 새로운 종자와 농자재를 사는데 재투자하도록 했습니다. 재투자를 통해 농사 규모를 늘리고, 점차 공동체를 20개, 30개까지 확대하고자 한 거죠.

우리는 보통 돈이 생기면 종잣돈을 따로 모아서 나중에 필요한 곳에 사용하잖아요. 하지만 이 사람들은 소득이 생기면 바로 써버리는 경우가 대부분이었어요. 때문에 파종 시기가 왔을 때 종자를 살 돈이 없어서 농사 자체를 하지 못하는 경우가 많았죠. 현지 사람들이 종잣돈을 공동으로 마련하는 시스템에 익숙해진다면 나중에는 개개인도 돈을 모아 쓰지 않을까 하는 기대가 있었습니다."

당시 '소농민 소득 증대 사업'은 현지의 〈ABC-color〉라는 2대 일간지에 소개될 정도로 승승장구했다.

"사업을 끝까지 보지 못하고 돌아와 아쉬움이 많이 남아요. 하지만 지금 후임 봉사단원이 소득 증대 사업을 이어서 진행하고 있다고 들었어요. 현재까지도 잘 되고 있다는 소식에 기분이 좋습니다."

지금도 그때 진행했던 사업에 대한 애정이 넘쳐 흐른다. 그만큼 그에게는 각별한 사업이었다. 당시에 가장 먼저 재배를 시도했던 것은 참외 재배였다. 현지 사람들이 잘 먹진 않지만 8000명 남짓 하는 우리 교민을 상대로 한인시장에 팔면 상당히 높은 가격을 받을 수 있었기 때문이었다.

반면에 성공하면 대박이 될 수 있었던 멜론 재배는 결과적으로 실패했다. 현지 사람들도 멜론을 즐겨 먹었지만 주로 대만산 품종을 먹었다. 시장조사를 하면서 그의 눈에 띈 점은 슈퍼마켓에서 브라질산 멜론이 굉장히 비싼 가격에 팔리고 있다는 것이었다.

"제가 브라질산을 사다 먹어보니 당도도 높지 않고 맛도 별로 없었어요. 그런데도 현지의 다른 멜론보다 4배 이상 높은 가격에 팔리고 있었죠. 저는 맛이나 품질에서 우수한 한국산 멜론이라면 시장성이 더 높겠다고 판단했어요."

당장 멜론을 재배하기 위해 함께 일할 사람이 필요했다. 그러나 초기에는 현지 사람들의 신뢰를 많이 얻지 못했기에 누구도 그를 흔쾌히 도와주려 하지 않았다. 결국 혼자서 농사를 짓기 시작했다. 매일 혼자 텃밭에 나가 몇 시간씩 터를 닦고, 씨를 뿌리고, 잡초를 제거했다. 어느 정도 시간이 흐른 뒤에 수확한 참외와 멜론의 품질은 생각보다 좋았고, 한인 마켓에서 좋은 가격을 받을 수 있었다.

"농작물 수확이 성과를 보이자 이내 사람들이 제게 신뢰를 조금씩 주기 시작했어요. 아무도 도와주지 않는데도 제가 매일 혼자 밭에 나가 노력하는 모습을 보고 사람들도 마음을 열었던 거죠. 이런 작물들이 소득을 올릴 수 있다는 것도 알게 되면서 사람들이 멜론 재배에 관심을 보였어요. 저는 농민들에게 현지의 농사 방법이 아닌 우리식 재배법을 가르쳤죠. 저 나름대로 우리나라 농촌진흥청 홈페이지 등을 통해 재배법을 면밀히 공부했어요."

처음에는 두 농가만 참여했지만 점점 참여 농가가 늘어났고, 재배 면적과 규모를 키우며 멜론과 참외는 물론 수박과 토마토까지 재배하게 됐다. 특히 멜론은 전략적 고소득 작물이었다. 그래서 열 명 넘는 농민들과 멜론 3천 주 정도를 심었다. 그런데 잘 크던 멜론이 수확을 얼마 남겨두지 않고 갑자기 병이 들었다. 90% 정도 완성된 멜론이 갑자기 썩어 순식간에 6000개를 잃어버리게 된 상황이었다.

"이때의 쓰라림은 제게 큰 가르침을 줬어요. 재배 과정에서 농사에서는 적절한 시기에 적절한 기술을 적용하는 것이 중요하다는 걸 느꼈죠. 때를 맞춰 가지를 쳐주고, 약을 쳐주고, 수분을 제공해줘야 해요. 하지만 파라과이 사람들 성향상 작물을 시기에 맞춰 관리하는데 어려움이 많았죠. 우리와 달리 현지 사람들은 유유자적한 성격이라고 볼 수 있어요. 우리 시각으로 보면 때론 느리고 게을러 보이기도 해요. 그래서 재배과정에서 때를 맞춰 관리하는 것이 쉽지 않았죠."

파라과이 농민들은 주로 포복 재배를 했다. 씨를 뿌려놓고 그냥 방치해서 키우는 방법이다. 그런데 그가 시도했던 것은 한국식 재배법이었다. 대나무를 일일이 다 깎아 지주를 세우고, 넝쿨을 유인하고, 노끈을 연결하는 등 노력이 많이 필요한 작업이었다. 그런 방법은 품질이 좋은 수확물을 얻게 하지만, 결과적으로 파라과이 농민들에게는 적합한 방법이 아니었다.

"우리와 다른 성향을 지닌 이 사람들에게 어렵고 수고스러운 그 재배법은 무리였던 겁니다. 멜론이 성공하면 대박날 것이란 생각에 제가 과한 욕심을 부린 것은 아니었는지 다시 돌아봤어요. 그래서 현지 사람들의 수준에 맞는 재배방법을 해야겠다고 생각했죠. 그들이 잘 할 수 있는 쉬운 것부터 말이죠."

다음으로 시작한 것이 양파 재배였다. 양파는 농민들이 경험도 있고 재배 방법도 쉬워 안성맞춤이라고 생각했다. 파라과이에서 제일 많이 소비되는 것이 토마토와 양파, 피망인데도 불구하고 양파는 해외 수입에 많이 의존했다. 재배 방법만 체계화한다면 수확량을 확대해 수익도 올릴 수 있을 것이라고 예상했다.

토양 성분을 조사, 관리하는 사업도 했다. 한국은 토양에 비료를 투입한다거나 돌려짓기를 해서 관리를 하지만 파라과이 시골 지역은 토양에 관한 지식이 없어 땅의 비옥도가 많이 떨어진 상태였다.

"저는 현장 사업 지원을 통해 현장의 토양 성분을 측정하는 기구를 구입했어요. 우리나라의 경우 각 시도 농업기술센터에서 농가의 토양을 채취해 질소, 칼륨, 인산 등 성분을 측정하고 분석해주죠. 저역시 이곳에 그런 시스템을 도입해보고 싶었어요. 기구를 사용해 인근 지역을 조사했더니, 무어라 말할 수 없는 지경이었죠. 비료 성분 자체가 없었어요. 땅이 너무 혹사돼서 토양 상태가 척박했어요."

땅을 복구하려면 엄청난 양의 비료를 투입해야 했다. 현지 농민들은 돈도 없거니와 소득 수준도 비용을 감당할 수 있는 정도가 아니었다. 그래서 돌려짓기나 녹비작물을 심어 지력을 회복할 수 있도록 하는 자생적인 프로그램 교육을 시작했다. 녹비작물인 콩과작물을 이용해 자체적으로 질소를 생산, 지력을 상승시키려고 노력했다.

문화는 우열이 아니라 차이일 뿐

현지에서 생활하며 가장 힘들었던 것은 사람과의 갈등이었다. 아는 사람 하나 없는 타국에서 때론 견디기 힘들 때도 있었다.

"제가 일했던 농장에 파라과이 농림부에서 고용한 관리인이 있었어요. 그 관리인과의 트러블이 가장 힘들었죠. 사람은 좋다고도 볼 수 있지만, 제가 뭔가를 추진하자고 하면 항상 하자 하자 말만 해놓고 결국엔 안 하는 스타일이었어요. 몇 번을 얘기해도 하지 않아서 애를 많이 먹었죠. 제가 농장에서 추진하는 업무가 많아지고 역할이 커질수록 관리인 입장에서는 자기 입지가 좁아진다고 생각했던 것 같아요. 일하기를 좋아하는 사람도 아니었고, 제가 자기 상관이랑 직접 연락하고 일을 진행하는 게 달갑지 않았던 거죠."

그러던 어느 날, 관리인이 농장에 있는 농자재와 장비를 사사로이 빼돌리고 이용하는 것을 알게 됐다. 거기에 비슷한 시기에 관리인이 의도적으로 업무를 방해한 사건까지 일어나 갈등의 골이 깊어졌다.
한번은 농민들과 수확한 농작물을 용달차에 실어서 아순시온(파라과이 수도)에 올라갈 일이 있었다. 분명 그날 용달차를 써야 한다고 관리인에게 며칠 전부터 말했고, 그 사람도 알겠다고 대답했는데도 막상 당일이 되자 관리인이 용달차가 없다면서 사용을 못하게 하는 것이었다. 장거리를 운행하려면 상부의 허가를 받았어야 하는데 허가서가 안 나와서 안 된다면서 고의적으로 발뺌을 했다.

"저는 며칠 전에 분명히 말했고, 이미 농작물을 다 수확한 상태여서 얼른 팔지 못하면 손해가 클 것이기 때문에 화가 머리끝까지 났어요. 그래서 상부에 바로 연락해서 상황을 설명해 허가를 받고 다른 농민과 함께 트럭을 타고 아순시온에 갔죠. 그날 밤 이 사람이 술에 취한 상태로 제게 전화를 해서 1분 정도 욕을 하더군요. 아마 자기를 무시했다고 화가 났던 것 같아요. 그때 회의감이 참 많이 들었죠. 제가 누구를 위해서 일을 하고 있는데, 왜 욕까지 먹어야 할까 하는 생각이 들었죠."

이후에도 관리인의 비리를 또 알게 되면서 어떻게든 이 사람과 끝장을 봐야 하지 않을까 하는 고민에 빠졌다. 갈등이 치달으면서, 둘 중 한 사람이 떠나든지 말든지 모종의 결단이 있어야 할 것 같다는 생각도 들었다. 그래서 상부에 비리를 알려 내쫓는 조치를 취해야 하지 않을까 하는 고민에 빠졌다. 그 일은 몇 주 동안이나 마음을 괴롭혔다.

"제가 극한 상황까지 고민하고 있었을 때, 부모님께서 다른 관점에서 충고해주셨어요. '너의 선택에 따라 그 사람의 직업을 끝낼 수도 있는 것인데, 함부로 결정할 일이 아닌 것 같다'고 하셨죠. 일단 그 사람과 대화로 오해를 푸는 게 좋겠다고 말씀해주셨어요."

그는 부모님의 말씀에 수긍하며 먼저 대화를 하려고 계속 시도했다. 관리인은 그를 계속 피해 다녔지만, 결국 대화를 통해 어느 정도

오해를 풀 수 있었다. 하지만 끝내 그 사람은 다른 계기로 인해 자리를 잃었다.

 당시에 그 관리인뿐만 아니라 농장 내에 형성된 파벌로 인해 활동하는데 많은 어려움이 있었다. 분명 좋은 뜻을 갖고 일하는데도, 다른 농민들까지도 아니꼽게 생각해 호의를 보이지 않았다.

"그때를 돌아보면 그 사람들의 문제도 있었지만 저한테도 많은 문제가 있었던 거 같아요. 초기에 제가 현지 사람들에게 완전히 녹아들지 못했고, 같이 일하면서 사람들의 마음을 완전히 얻지 못했던 게 원인이었죠. 다시 생각해보니 제가 말도 잘 안 통하니까 사람들과 친해지기를 두려워했던 면이 있었던 것 같기도 해요. 물론, 농장에서 저를 적극적으로 도와줬던 농민들과 농민 공동체 사람들은 많이 의지가 됐죠.

 그때는 제가 판단했을 때 옳지 않다고 생각하면 제 방식대로 고치려고 했어요. 그래서 현지 사람들과 마찰을 빚었던 것 같아요. 현지 사람들도 그들 나름의 방식이 있는데 제 스타일을 고수하다보니 사람들이 저를 싫어하게 된 것이죠."

 그 시간을 떠올리면, 후회도 있고 아쉬움도 많이 남는다고 했다. 조금만 더 경험과 지혜가 있었더라면 충분히 해결할 수 있었던 문제들이었다.

"현지 사람들의 성향을 이해하고 부드럽게 유도했으면 서로 신뢰 관계를 쌓을 수 있었겠죠. 문화는 차이가 있는 것이지 우열이 있는 것이 아니라는 점을 배울 수 있었어요. 다른 문화라고, 우리보다 못 산다고 해서 우리보다 열등하다고 생각했던 부분이 저도 모르게 있었던가봐요. 이때의 경험이 제가 미래에 이 분야에서 일하게 될 때도 매우 중요한 부분이 될 것이라고 생각해요."

현지 사람들과의 차이를 파악하고 이해하면서부터 신뢰 관계를 쌓기가 수월했다. 개인의 잘잘못이 그 문화 전체의 귀천을 가늠하게 하는 것은 아님을 깨달았다. 얼마든지 우리 문화와는 또 다른 좋은 점을 갖고 있음도 알게 됐다.

"파라과이 사람들은 인생을 좀 더 즐길 줄 안다고 할까요, 행복하게 사는 법을 아는 것 같아요. 우리나라 사람들은 일반적으로 부지런하고 성실해서 적극적인 면을 높게 평가받지만 한편으로는 항상 뭘 하든지 잘해야 한다는 강박관념에 사로잡혀서 굉장히 경쟁적인 면이 있죠. 행복하게 살기 위해서라고 말하지만 늘 바쁘게 일에 치여 살면서 정작 행복하지 못한 경우가 많다는 것만 봐도 그렇죠.
문득 현지 사람들과 우리의 성향을 조금씩 섞어놓으면 어떨까하는 생각도 해봤죠. (웃음) 그럼 최고의 중용(中庸)이 될 수 있을 것 같지 않나요?"

문화적 차이를 인정하고, 총체적으로 문화를 이해해야 한다는 사실을 가슴 깊이 새길 수 있었던 계기였다. 그런 파라과이에서의 생활은 그에게 너무나 많은 것을 남겼다.

　개인적으로는 앞으로 지역사회개발 분야에서 일하기 위해 필요한 경험과 경력을 쌓을 수 있는 시간이기도 했다. 2년 동안 습득한 스페인어도 자기계발에 큰 도움이 됐고, 친구들도 많이 사귀었다. 현지인들뿐만 아니라 미국 봉사단원 친구들, 한국 봉사단원 친구들을 많이 알게 된 것도 모두 커다란 자산이었다.

　"어려운 일도 많이 있었지만, 많은 사람들의 조언을 듣고 지혜롭게 극복하면서 내면적으로 성숙할 수 있었던 기회였어요. 그 과정에서 제 자신에 대해 더 깊이 이해하고 단단해질 수 있었죠. 자신감도 더욱 생겼습니다."

국제연합 식량농업기구(FAO)를 점찍다

　　　　　　　2년 동안의 풍요로웠던 파라과이에서의 생활은 인생의 이정표를 세울 수 있게 해주었다. 국제개발협력

분야로의 진출이다. 세계를 무대로 드디어 행복해질 수 있는 꿈을 찾은 것이다. 이제 그 길을 꼿꼿이 걸어갈 일만 남았다. 그는 전공인 농업 분야와 파라과이의 활동 경력을 살려 농업과 관련한 지역사회 개발의 전문가로 본격적인 꿈을 꾸기 시작했다.

"우선 단기적인 목표는 국제연합 식량농업기구(Food and Agric- ulture Organization of the United Nations)에서 일하는 것입니 다. 파라과이 봉사활동을 가기 전부터 국제기구에서 일하고 싶다는 생각은 했지만, 파라과이에 다녀온 후에 더 확실한 삶의 목표가 됐어요.

새로운 환경에서 새로운 사업을 추진해서 정체된 지역사회를 발전시키는 역할을 하고 싶어요. 아프리카에서 생활환경사업이나 소득 증대사업으로 지역주민들의 생활을 개선하는 거죠."

FAO에서 그가 가장 먼저 해보고 싶은 일은 현장지원 사업이라고 한다. 파라과이에서 농민들 소득 증대를 위해 현장을 직접 바쁘게 뛰어다니며 즐거움과 성취감을 많이 느꼈기 때문이다.

장기적인 목표도 갖고 있다. '변화를 가져올 수 있는 역할'을 하고 싶다는 바람이다.

"세계 곳곳에는 사회의 불평등으로 인해 굶주리는 사람들이 너무 많아요. 저는 이런 사람들을 위해 사회구조적인 변화를 이끌 수 있는 역할을 하고 싶습니다. 제 생각에는 각 나라에서 개발도상국에 원조를 해주는 것도 중요하지만, 결과적으로 사람들의 인식이 바뀌는 게 더 중요하다고 봅니다. 일시적으로 얼마간의 식량을 지원해주는 것보다는 사람들의 변화된 인식이 더 큰 미래의 자원이라고 생각하죠. 좀 더 많은 사람들이 같이 살 수 있는 세계, 모두가 조금씩 행동으로 노력해 변화할 수 있는 세상을 꿈꾸고 있습니다."

그는 사람들의 인식을 변화시키는 사람이 되고자 스스로 영향력 있는 사람이 되고 싶다고 말했다.

"제2의 반기문 유엔 사무총장을 꿈꾸기도 했지만, 한국에서 짧은 기간 안에 다시 나온다는 것은 힘들겠지요. (웃음) 저는 국제연합식량농업기구(FAO)의 사무총장에 도전해보고 싶습니다."

세상에는 빈곤이나 식량, 환경, 여성 인권, 질병 등 여러 가지 문제가 있다. 하지만 그는 그중에서도 식량과 빈곤 문제의 해결이 시급하다고 손꼽는다. 다른 문제도 중요하지만, 충분한 식량으로 영양 상태만 잘 보충한다면 질병에도 훨씬 자유로울 수 있고, 교육까지도 해결될 수 있다고 보기 때문이다.

"제가 가진 능력이 엄청나다고 생각하지 않아요. 그러나 세상의 다양한 문제 중에 식량과 빈곤, 이 두 분야에 관해 부단히 노력하고 능력을 쌓는다면 도전의 결실을 얻을 수 있으리라 생각합니다."

그때까지 국제개발의 현장에서 직접 발로 뛰며 역량을 갖추겠다는 포부다. 지금은 꿈을 이루는 첫 발걸음으로 유학을 준비 중이다.

"어디로 갈지 아직 결정하지는 않았습니다. 미국이나 농업에 강한 네덜란드를 생각하고 있죠. 유학을 통해 지역사회개발 분야의 전문 지식을 쌓고 역량을 키울 계획입니다."

그밖에 국제기구에서 일하기 위해서 역사, 종교, 문화 등 다양한 분야에 관심을 갖고 교양을 쌓고자 노력하고 있다. 물론 직접 관련 경험을 쌓기 위한 노력도 멈추지 않고 있다. 그는 현재 농촌진흥청에서 한국과 브라질의 농업 유전자원 교류를 돕는 아르바이트도 하고 있다.

"한국과 브라질의 농업 유전자원 교류를 위해 브라질에서 온 교환 연구 조정관님 밑에서 일하고 있습니다. 최근 세계적으로 유전자원 수출입에 대한 규제가 강화되고 있는데, 사실 각국의 자원 교환이 활발히 돼야 다양한 육종 개발을 할 수 있죠. 한국과 브라질 양국의 유전자원 교류를 위해 관련 법률을 검토하고 교류의 나아갈 방향을 제시하는 프로젝트에 참여하고 있어요. 한국어를 모르는 브라질 박사님께 한국의 법률과 제도, 학계의 의견 등 자료를 정리해서 제시하는 역할을 맡고 있죠. 농업 유전자원과 관련한 법률과 제도를 공부하면서 많이 배우고 있습니다."

그의 삶의 모토는 '발전하는 삶을 살자'이다. 국제사회의 지역개발 전문가의 꿈을 찾기까지 새로운 환경에 부딪혀 자신을 시험해보고 계속해서 도전장을 내밀었다. 그리고 한 걸음씩 천천히 자신을 발전시켜왔다.

이제 또다시 한 발을 내디디려 하는 그의 앞에는 여전히 많은 도전과제들이 남아 있다. 하지만 그는 경험을 통해 하나하나 배웠던 그 기쁨을 알고 있다.

"앞으로도 제 부족한 점들을 채우며 발전하는 삶을 살고 싶어요. 태어날 때부터 가난 때문에 불평등한 대접을 받는 사람들의 슬픔을 공감하고 이해하며, 사회변화를 이끌 수 있는 사람이 되고자 꾸준히 노력하겠습니다."

미래를 꿈꾸고 있는 또래의 청년들에게도 말한다.

"우리나라에는 정말 능력 있는 사람들이 많이 있는 것 같아요. 하지만 거의 대부분의 사람들이 한정돼 있는 영역에서 일을 하다 보니 너무 치열하게 경쟁을 하게 되는 듯해요. 조금만 시야를 밖으로 돌리면, 우리가 가지고 있는 역량을 원하고, 펼칠 수 있는 곳들이 너무나 많이 있는데 말이죠. 저는 한국의 인재들이 해외로 진출한다면 개인적으로나 국가적으로나 긍정적인 영향을 미칠 수 있다고 생각해요. 우리 함께 좀 더 넓은 세상을 무대로 나아가보자고요!"

클라라 주미 강

음악과 함께
성숙해가는 청춘의 초상

바이올리니스트

Profile

바이올리니스트

출생	1987년
	독일 만하임
학력	독일 만하임 국립음대 예비학교 졸업
	뤼베크 국립음대 예비학교 졸업
	쾰른 국립음대 예비학교 졸업
	베를린 한스아이슬러 국립음대 예비학교 졸업
	미국 줄리어드 음악원 예비학교 졸업
	한국예술종합학교 음악원 예술사 · 예술전문사 과정 졸업
주요경력	2010년 인디애나폴리스 국제 바이올린콩쿠르 우승
	2010년 일본 센다이 국제 음악콩쿠르 바이올린부문 우승
	2009년 독일 하노버 국제 바이올린콩쿠르 2위
	2009년 서울국제음악콩쿠르 1위
취미	영화, 다큐멘터리 감상
좌우명이나 좋아하는 말	
	매일 새롭게 태어나라

● '분더킨트(신동)'로 주목 받다 ● 어제를 버리고 오늘을 날다 ● 신동이라 불리는 게 싫었던 신동 ● 열정에서 희망을 얻다 ● 운(運)도 뛰어넘은 강인한 의지 ● 찰나를 위해 오랜 시간 인내한다

● 취재 · 글_ 유인경   사진협조_ (주)아트앤아티스트

'분더킨트(신동)'로 주목 받다

2011년 초, 신년을 맞아 여기저기서 발표되는 '차세대 유망주' 명단에서 '바이올리니스트 클라라 주미 강(한국명 강주미)'이라는 이름은 거의 매번 빠짐없이 등장했다. 여러 언론사, 잡지사에서 각 분야 전문가들의 의견을 토대로 작성한 명단이니만큼, 그녀는 현재 한국 클래식 음악계에서 가장 주목받고 있는 신예라고 해도 과언이 아닐 것이다. 그만큼 그녀가 2009년부터 올해 초까지 지난 2년 동안 우리에게 보여준 성과는 실로 눈부셨다. 2009년 제5회 서울 국제음악콩쿠르에서 생애 첫 우승을 거머쥔 것을 시작으로, 지난해 6월엔 한국인 최초로 일본 센다이 국제바이올린콩쿠르에서 우승하며 국내는 물론 일본 클래식 음악계를 놀라게 했다. 그리고 같은 해 9월에는 미국 인디애나폴리스 국제

바이올린콩쿠르를 석권해 세계 음악계의 관심을 한몸에 받게 됐다.

클라라 주미 강은 3세에 바이올린을 시작해 4세 때 최연소 기록으로 만하임 국립음악대학에 입학하면서 독일 음악계에서 일찌감치 '분더킨트(신동)'로 주목을 받았다. 그녀가 빚어내는 풍부한 소리와 매끄러운 보잉, 그리고 자신감 넘치는 무대 매너는 단숨에 청중들을 사로잡는 매력이 있다. 바이올린계의 세계적 대모, 도로시 딜레이는 아홉 살 꼬마였던 클라라 주미 강의 무대 위 모습을 보고 '누군가는 적어도 스물다섯 살로 볼 것'이라며 특유의 성숙한 음악성을 칭송했다고 하니, 성년으로 성장한 지금의 그녀는 분명 더 깊고 오묘한 음악을 가슴 속에 품고 있을 것이다.

누군가는 그녀가 이렇듯 화려한 커리어를 쌓아온 것이 별로 어려운 일이 아니었으리라 생각할 것이다. 어릴 때부터 신동이라 불려온 바이올리니스트이니, 노력보다는 타고난 재능이 그녀의 음악성에서 더 많은 지분을 차지하고 있으리라 짐작하는 것이다. 우리가 '신동'이나 '천재'라 불리는 예술가들에 흔히 갖는 편견이다.

그러나 그녀를 잘 아는 이들이라면, 클라라 주미 강이야말로 음악에 대한 애정과 열정으로 많은 시련을 이겨낸 '인간 승리'의 표본이며 그녀가 이룩한 것, 얻은 것들은 모두 어린 시절부터 수없이 악보를 넘기고 활을 잡으면서 차근차근 적립해온 노력이 맺은 결실이라고 말하는데 주저함이 없을 것이다.

스물네 살의 클라라 주미 강은 현재 20대의 한가운데를 지나고 있다. 한국의 많은 젊은이들이 그렇듯 그녀 또한 앞으로도 수없이 많은 고민과 방황의 시기를 거치면서 자기만의 길을 걸어갈 것이다.

어제를 버리고 오늘을 날다

눈처럼 하얀 드레스를 입은 클라라 주미 강은 커다란 보폭으로 무대에 올랐다. 자신에게 쏟아지는 청중의 뜨거운 시선에도 아랑곳없이 당당한 자세로 바이올린을 목에 댄 그녀는, 등 뒤의 오케스트라가 거대한 스케일로 만들어내는 음악의 파도 앞에서도 고고한 품격을 잃지 않고 유유히 활을 켜기 시작했다. 곡명은 '베토벤의 바이올린 협주곡 라장조 작품 61'. 이 곡은 본래 교향곡풍의 장대한 풍모를 지닌 작품이지만, 이날 오케스트라의 사운드는 무대를 덮칠 듯 유독 그 위세가 대단했다. 객석에서 그녀를 지켜보는 청중들은 무대 위에서 해일처럼 쏟아져 내려오는 선율에 전율을 느끼면서도, 시종일관 여유로운 모습으로 오묘한 음색을 만들어내는 젊은 바이올리니스트의 손놀림을 놓칠세라 가만히 숨을 죽였다. 장내의 이런 흥분과 긴장을 아는지 모르는지 그녀는 차분하게 연주를 이어가며 음악 속으로 빠져들었다. 풍성하고 짙은 음색과 절묘한 프레이징, 매끄러운 보잉과 마음속에서 우러나오는 듯 깊이 있는 음악성이 돋보이는 연주였다. 긴장과 황홀 사이를 오가며 마음을 쥐락펴락했던 음악의 향연이 마침내 끝을 맺자 객석에서는 기다렸다는 듯 박수갈채가 터져 나왔다.

지난 2009년 4월, 서울 예술의 전당에서 개최된 제5회 서울 국제음악콩쿠르 결선 무대에서의 풍경이다. 12명이 겨룬 준결선에서부터 상위권에 들며 두각을 나타냈던 클라라 주미 강은 이날 결선에서 마지막 순서로 무대에 올라 베토벤의 바이올린 협주곡을 연주하며 생애 첫 우승을 거머쥐었다. 이 곡은 조용하고 예민한 음악적 표현이 많은 작품이어서 '콩쿠르용'으로는 모두가 꺼린다는 곡이다. 결선 진출자들이 선택한 곡 중에서 가장 긴 곡이기도 했다.

"베토벤 협주곡은 아름답고 나의 감정을 가장 잘 표현할 수 있는 곡이라 생각했어요. 하지만 막상 본선 진출 후 한 번도 협연을 못한 베토벤을 선택한 제 자신이 너무 원망스러웠어요. 보통 콩쿠르에서는 무대 경험이 제일 많고 자신 있는 협주곡을 선택하는데 저는 단지 연주하고 싶은 곡을 택했으니까요. 게다가 베토벤은 너무 조용해 콩쿠르에서 연주하기 까다롭기로 유명하거든요."

베토벤 바이올린 협주곡은 신예 연주자에겐 연주할 기회조차 좀처럼 주어지지 않는 대곡이다. 말하자면 클라라 주미 강은 콩쿠르를 자신이 원하는 곡을 연주할 수 있는 연주회로 삼았다는 말이다. 성적에 상관없이 작품에 대한 애정만으로 임했던 그 같은 마음가짐은 결과적으로 그녀에게 좋은 결과를 가져왔다.

"어렸을 때부터 도입부에서 팀파니의 네 음만 들어도 가슴이 두근거렸고, 이 곡을 듣지 않으면 잠이 오지 않았어요. 그런 각별한 곡을 콩쿠르에서 비로소 처음 연주할 수 있었던 거죠. 콩쿠르에 참가한 목적도 연주를 하기 위해서였기에 저는 가장 행복한 상태에서 연주에 임할 수 있었고 결과적으로 좋은 결실을 얻었던 것 같아요."

이날 클라라 주미 강의 베토벤은 많은 음악평론가들로부터 '풍부하고 오묘한 음색이 돋보인 개성 있는 음악이었다'라는 평가를 받았다. 그녀는 장장 40여 분에 이르는 대곡을 자신만의 색으로 이끌어 나갔고, 너무나 여유롭고 노련한 무대 매너와 성숙한 음악성으로 좌중을 사로잡았다. 제5회 서울 국제음악콩쿠르는 클라라 주미 강이라는 이름을 한국 클래식 음악계에 각인시키는 계기가 되었다. 또한 그 누구보다 자기 자신에게 가장 의미 있는 무대였을 것이다. 그동안 티보 바르가 콩쿠르 3위, 퀸 엘리자베스 콩쿠르 준결선, 장 시벨리우스 콩쿠르 준결선에 오르는 등 꾸준히 좋은 성적을 유지하면서도 유독 '우승운'은 따르지 않았던 그녀에게 첫 우승 트로피를 안겨준 콩쿠르이자, '마음을 비우고 내 갈 길을 갈 때 좋은 결과가 따라

온다'는 깨달음을 준 무대였던 것이다.

그동안 콩쿠르 성적의 부진으로 인한 스트레스가 심했는지, 스스로도 서울 국제음악콩쿠르에서의 우승을 통해 '자신감을 갖게 됐고 스스로에게 큰 위안이 되었다'고 고백한 바 있다. 마음의 짐을 덜었기 때문일까? 그 후 그녀는 참가하는 콩쿠르마다 1위 자리를 놓치지 않았다. 2010년 6월 한국인 최초로 센다이 국제바이올린콩쿠르에서 우승하여 사람들을 놀라게 하더니, 9월엔 다시 미국 인디애나폴리스 국제바이올린콩쿠르에서 우승하며 세계를 놀라게 했다.

"예전 콩쿠르 성적이 안 좋았을 때를 돌이켜보면 콩쿠르 성적에 너무 집착했던 것 같아요. 콩쿠르에서 안 좋은 결과가 나오면 굉장히 의기소침해지고 슬럼프에 빠지기도 했어요. 그래서 그 후의 콩쿠르에서도 좋은 결과가 나올 수 없었고요. 그러다가 완전히 마음을 비운 상태에서 나간 것이 바로 서울 국제음악콩쿠르였어요. 그런데 1등을 한 거죠. 다른 것은 의식하지 않고 순수하게 음악에만 집중할 때 좋은 결과가 나온다는 걸 깨달았어요."

과거 클라라 주미 강의 콩쿠르 부진에는, 그녀가 자평하듯 콩쿠르 성적에 대한 강박감이 큰 이유가 됐을 것이다. 그 밖에도 우리가 모르는 이유들이 있을 수 있겠지만 연습시간의 부족, 육체적 피로도 요인이 됐을 법하다. 클라라 주미 강은 콩쿠르에 참가하기 위해 매번 아르바이트를 해야만 했기 때문이다. 하루 종일 연습에만 매달리려도 부족할 판에 다른 음악가의 녹음 작업에 참여해 밤새 세션 연주를 해야 했으니 육체적 정신적 고통이 말이 아니었을 것이다.

"한 번은 콩쿠르에 참가하기 위해 아침 일찍 비행기를 타야 했는데 그 전날 밤부터 새벽까지 아르바이트를 하고 곧바로 짐을 싸서 공항에 가야 했어요. 그때 어찌나 서럽던지…. 한없이 눈물이 났어요. '이렇게까지 해야 되나' 싶었죠. 결국 콩쿠르 결과도 안 좋았고요. 그때 저의 마음이 이를테면 바닥을 쳤던 것 같아요. 그러고나서부터는 콩쿠르에 대한 욕심을 다 버리게 됐죠."

독일에서 태어난 그녀는 세 살 때 바이올린을 시작한 이래 독일 언론으로부터 '신동'으로 주목받으며 대중의 큰 관심과 사랑을 받았다. 그러다 11살 때 손가락 부상이라는 불의의 사고를 겪으면서 4년간의 침체기를 겪었고, 다시 음악을 시작하는 과정에서 예전 같지 않은 무관심과 침묵에 마음고생도 심했을 것이다. 많은 천재들이 밀물처럼 빠르게 나타났다 사라지는 음악계에서 4년이란 공백은 그녀의 존재를 지우기에 충분한 시간이다. 어쩌면 이전의 명성을 되찾고 싶다는 '마음의 짐' 때문에 콩쿠르 무대에서 활을 켜는 손이 가볍지 않았을지도 모른다. 자신을 찾고 온전히 음악만 바라보는 지금 이 자리에 이르기 위해 그녀는 꽤 값비싼 수업료를 치러야 했다.

"어렸을 때보다 지금 내 실력이 분명히 더 나을 텐데 왜 이전과 같은 타이틀을 얻지 못할까 늘 생각했어요. 제 욕심만큼, 노력만큼 결과가 나오지 않아 마음이 무거웠죠. 그렇게 많은 콩쿠르에서 좋은 성적을 얻지 못하고 전전긍긍하다 조급해진 마음이 결국 바닥까지 치고 나니 그때부턴 평온해지기 시작했어요. 욕심이 사라지고 새로운 마음이 생긴 거죠. 제 자신에 대해 새롭게 발견하게 됐고요. '그래 다시 시작하자'라고 생각했어요. 그렇게 머릿속에서 과거의 저를 지워 버리고나니 더 좋은 결과가 나오더라고요. 그런 깨달음을 얻기까진 많은 고통이 따라야 했지만요. 저의 연주경력은 이제부터라고 생각해요."

과거 세계적인 지휘자 다니엘 바렌보임이 클라라 주미 강을 위해 남긴 확신에 찬 찬사는, 그녀가 얼마나 특별한 음악가인지 새삼 상기시킨다. "나는 클라라의 시벨리우스와 모차르트만큼 놀라운 연주를 한동안 들어보지 못했다. 그는 작품을 자기만의 특별한 것으로 만드는 재주가 있다. 틀림없이 우리 기억에 남을 만한 연주가로 성장할 것이다." 거장의 안목은 정확했다. 과거 길고 깊은 시련의 터널을 지나오고도 2011년 현재, 클라라 주미 강은 세계가 주목하는 바이올리니스트로 성장했다. 계속되는 콩쿠르에서의 부진, 끊임없이 밀려오는 슬럼프 속에서도 지금까지 멈추지 않고 걸어올 수 있었던 힘은 오직 '음악을 사랑하는 마음만큼은 변하지 말자'라는 자신과의 약속이었다는 클라라 주미 강. 그리하여 콩쿠르에서의 성적이나 남들의 시선보다 더 중요한 음악의 진정한 가치, 즐거움을 깨달은 그녀의 활약은 지금부터가 시작이다.

"요즘엔 20대와 30대의 제 모습, 앞으로의 20년이 보이기 시작했어요. 20대는 발전하기에 가장 좋은 시기인 것 같아요. 제 지난 한 해를 돌아보았을 때 여섯 달 전의 모습과 지금은 굉장히 달라요. 자고 일어나면 하루하루 변하고 있다는 것을 느낄 수 있을 정도니까요. 그래서 전 앞으로 더 많은 것을 보고 배우면서 제 자신에게 자극을 줄 거예요. 지금 이 시기가 앞으로 5년, 10년을 결정할 수 있다는 사실을 잘 알기 때문에 매순간 최선을 다해 살려고 해요."

신동이라 불리는 게 싫었던 신동

클라라 주미 강은 1987년 독일 만하임에서 음악가 집안의 4남매 중 셋째로 태어났다. 아버지는 성악가 강병운 씨. 1980년대 유럽 무대에 진출한 이래 항상 '아시아인 최초'라는 타이틀을 달고 다닐 만큼 활약했던 실력파 성악가이다. 아시아인 최초로 독일 바이로이트 페스티벌 주역을 맡았을 뿐 아니라 베를린 오페라하우스 정단원에 입단했다. 어머니는 소프라노 한민희 씨다. 덕분에 클라라 주미 강은 일찍부터 클래식 음악에 노출되었다. 레코드판 가득한 방 안에서 음악 속에 파묻혀 살았고 부친이 노래 연습을 할 때는 반주를 하기도 했다. 그녀는 지금도 오페라 아리아 등 성악곡을 좋아하고 노래도 잘한다. 때때로 연주하면서 속으로 노래를 흥얼거리기도 한다. 피아니스트인 언니 강유미, 첼리스트인 오빠 강주호와 함께 한때 '강 트리오'로 활동하기도 했다. 음악가적 DNA를 물려받은 '천생 음악인'이라고 할 만하다.

"네 남매가 모두 음악을 좋아했는데 어머니는 제게 피아노를 시키고 싶으셔서 피아니스트 클라라 하스킬의 이름까지 따서 붙여주셨어요. 하지만 전 피아노는 쳐다보지도 않고 언니가 하는 바이올린만 좋아했죠. 그러다 세 살 무렵 크리스마스 때 산타 할아버지에게 바이올린을 선물 받으면서 본격적으로 시작하게 됐어요."

그녀는 네 살 때 만하임음대 예비학교에 입학해 발레리 그라도프를 사사했고, 다섯 살 때는 뤼베크음대에서 자하르 브론, 일곱 살에는 줄리아드에 입학해 이츠하크 펄먼과 나이절 케네디, 사라 장 등을 키워낸 도로시 딜레이를 사사했다. 그야말로 세계 최고 수준의 스승들을 사사하며 음악적 역량을 수혈 받은 셈이다.

"그라도프 선생님에겐 턱받침을 빼고 연주하는 아주 기초적인 것들을, 그리고 브론 선생님께는 테크닉을 배웠어요. 5년여를 딜레이 선생님께 배웠는데 정말 많은 레퍼토리를 소화할 수 있었어요. 특히, 바흐부터 근대에 이르는 거의 대부분의 콘체르토를 근 3년 만에 다 섭렵했죠. 어린 시절의 이 같은 철저한 하드 트레이닝이 현재까지도 몸의 감각으로 남아 있어서 큰 도움이 되고 있어요. 지금 생각하면 어린 시절 짧은 시간 동안 그토록 많은 훌륭한 스승님들께 배울 수 있었던 것은 정말 큰 축복이었던 것 같아요."

당시 도로시 딜레이는 "클라라는 특별한 연주자다. 그의 화려한 손놀림은 나를 놀라게 하고, 청중 앞에서 연주하는 모습에 관객이 울고 웃는다. 아홉 살이라는 게 믿어지지 않는다. 누군가는 적어도 스물다섯 살로 볼 것이다."라며 칭찬을 아끼지 않았다. 애정 어린 스승의 찬사나 일찍부터 시작된 그녀의 경력을 보면 알 수 있듯, 그녀는 말하자면 재능을 타고난 신동이었다. 독일 일간지 〈디 차이트〉는 7살 때의 클라라 주미 강을 바이올린 신동으로 소개하는 특집기사를 내기도 했다. 그녀가 네 살 때 만하임음대 예비학교 실기시험을 통과하며 입학한 것은 개교 이래 최연소 기록이었다고 한다.

"아버지가 원서를 내셨는데 학교에서 실기시험을 보러 오라고 해서 부모님과 함께 시험을 보러 갔었어요. 방 안에 교수님들이 앉아 계셨는데 제가 들어가자 모두 어리둥절해하는 표정이었어요. '시험 볼 언니는 어디 있고 네가 왔니?' 하는 표정이었죠. 알고 보니 접수처에서 제 원서에 나이가 '4세'라고 적혀 있는 것을 보고 잘못 적은 줄 알고 앞에 '1'자를 붙여서 '14세'로 고쳐놨다는 거예요. 교수님들은 다들 정말 어이없다는 표정이었어요. 그래도 '아이가 오디션 보겠다고 여기까지 왔으니 한번 시켜보자' 하고 반신반의하면서 저에게 연주를 시키셨는데 제가 생각보다 연주를 잘했던 모양이에요. 합격시켜주신 걸 보면요."(웃음)

클라라 주미 강은 입학 후, 〈기네스북〉에 등재될 뻔 했던 일화를 들려주며 웃었다.

"물론 진짜 대학교는 아니고 예비학교였지만 그래도 역사상 최연소 입학이라며 기네스북에 등재하고 싶다는 연락이 왔었어요. 그런데 저희 부모님은 제가 음악을 하면서 실력이 아닌 어린 나이로 주목받는 것을 싫어하셨어요. 그래서 거절하셨죠. 지금 생각해보면 좀 아까워요."(웃음)

그녀의 말에서 얼핏 느낄 수 있듯, 클라라 주미 강의 어머니와 아버지는 순수한 예술가의 풍모를 지닌 분들이다. 그리고 그들 자신이 오랜 시간 음악가로 살아왔기에, 음악가로서의 삶이 남들이 생각하듯 그리 아름답고 빛나기만 하는 여정은 아니라는 사실을 누구보다 잘 알았다. 때문에 음악 신동의 부모들이 대개 그러하듯, 자신의 자녀에게 반드시 음악가로 성장하도록 독려하는 부모도 아니었다.

"어렸을 때 음악을 하는 동안, 부모님은 항상 제게 힘들면 꼭 음악을 하지 않아도 된다고 말씀하시곤 했어요. 그러면 제가 오히려 '전 음악이 좋아요. 하나도 힘들지 않아요!' 하며 부모님을 달래곤 했죠. 그 대신 부모님은 일단 음악을 선택했으면 늘 최선을 다해야 한다고 말씀하셨어요. 다른 사람들의 시선이나 평가는 신경 쓰지 않아도 되지만 자기 자신에게는 떳떳할 만큼 열심히 연습해야 한다고 하셨죠. 저는 어렸을 때 친구들과 노는 걸 너무 좋아해서 학교가 끝나도 집에 가지 않고 친구들과 놀고 싶어 했거든요. 당시 신동이라 불리는 제 또래 아이들이나 선배들은 학교에 가지 않고 홈스쿨링을 하며 연습할 정도였는데 저는 그나마 학교에 갈 수 있었으니 행운이었죠. 전 그때부터 음악가가 되려면 포기해야 하는 부분이 많다는 걸 느꼈던 것 같아요."

한창 학교에서 친구들과 어울릴 나이에 클라라 주미 강은 세계를 무대로 연주여행을 다녔다. 연주 일정이 꽉 차 호텔 방에서 숙제를 팩스로 받을 정도였다고 하니, 어린 소녀에겐 늘 학교에 가서 또래 친구들과 어울리지 못하는 것이 못내 아쉬웠을 것이다. 대신 그녀는 또래 친구들이 누리지 못하는 음악적 사치를 누릴 수 있었다. 아주 어릴 때부터 성악가인 부모님의 공연을 따라다니며 오페라를 비롯한 수준 높은 클래식 음악과 음악가들을 접했고 그런 경험은 분명 음악가로서의 자세와 안목을 키우는 데 도움이 됐을 것이다. 그녀가 열 살 무렵 세계적 지휘자 다니엘 바렌보임의 집에서 지냈던 일화는 지금도 자주 회자되곤 한다.

"다니엘 바렌보임 선생님은 제가 꼬마일 때부터 몇 번 뵌 적이 있는 분이었어요. 아버지와 함께 공연하실 때 놀러갔다가 만난 적이 있거든요. 당시 저는 무척 어린 나이였는데도 그분에게서 굉장한 카리스마를 느낄 수 있었던 것 같아요. 그래서 다니엘 선생님께 처음 오디션을 보러 갔을 때는 정말 겁을 잔뜩 먹고 갔던 기억이 나요. (웃음) 그런데 절 보시고 환하게 웃으시는 모습을 보는 순간, 그런 무서웠던 이미지가 한순간에 무너지더라고요. 다니엘 선생님은 아이들을 너무 좋아하셨어요. 항상 제 볼을 꼬집고 귀여워해주셨죠. 그러다 제가 열 살쯤 됐을 때 아버지가 한국에서 교수로 재직하게 되시면서 저 혼자 독일에서 생활해야 하는 상황이 됐고 그 사실을 알게 된 다니엘 선생님께서 먼저 저에게 자기 집에서 지내지 않겠느냐며 권해주셨어요. 그래서 1년 정도 선생님 댁에서 지내게 된 거예요. 그 집엔 사모님과 오빠도 둘이나 있었는데 다들 너무 따뜻하고 좋은 분들이었어요. 다른 사람의 집에서 지내는 불편함을 전혀 느낄 수 없을 정도였으니까요. 아직도 그때 선생님의 가족들이 절 많이 예뻐해 주셨던 것이 기억에 남아 있어요."

열정에서 희망을 얻다

지금은 키 173cm에 갸름한 얼굴로 여성미에 도도함마저 물씬 풍기는 그녀이지만, 학창시절엔 털털한 성격에 뭐든지 자신이 해결하려고 앞에 나서는 '오지랖 넓은 말괄량이'였다고 고백한다. 또 워낙 성격이 밝고 활발해서 중학교 1, 2학년 시절에는 학교에서 부회장을 할 만큼 선생님과 친구들에게 두루 인기가 많았다.

"독일에서 '베를린 국제학교'를 다녔는데 저희 학교는 유치원부터 고등학교 과정까지 다 같은 건물에 있는 큰 학교였어요. 그러니까 다섯 살 유치원생부터 고등학생인 13학년까지 모두 같은 학교를 다닌 거죠. 당시 회장은 주로 고등학교 과정에 있는 선배들이 했고 바로 밑에 부회장을 중학교 1, 2학년 시절에 제가 했어요. 저는 다방면에서 활동적인 학생이었는데 물론 음악을 제일 좋아해서 뮤지컬 공연에서 노래하는 것은 물론이고, 운동하는 것도 너무 좋아했어요. 남학생들에게 인기가 많았냐고요? 아뇨! 친구들은 많았지만 남학생들이 좋아하는 여성스러운 여학생은 아니었어요. (웃음) 그냥 모든 아이들과 두루 잘 지내는 톰보이였어요. 아이들한테 뭔가 문제가 있다 하면 내가 나서서 해결해줘야 직성이 풀리는, 좀 극성스런 성격이었죠. 지금 생각하면 괜히 혼자 피곤하게 살았던 것 같아요."(웃음)

구김 없는 그녀의 성격만큼이나 음악가로서도 평범한 여학생으로서도 나무랄 데 없는 평탄한 삶이었다. 하지만 열두 살 생일 직전 그녀에게 큰 시련이 찾아왔다. 학교에서 농구를 하다 왼쪽 새끼손가락이 부러지는 사고를 당한 것이다. 누군가 밀쳐서 펜스에 부딪히는 바람에 새끼손가락 뼈가 으스러지면서 신경을 건드렸다. 두 차례 전신 마취를 하고 수술을 받았지만 손가락이 구부러지지 않았다. 왼손으로 운지를 해야 하는 바이올리니스트에겐 그야말로 치명적인 사고였다. 더구나 다니엘 바렌보임과의 협연을 한 달 앞두고 벌어진 일이었다. 그 후 바이올린을 잡을 수 없었던 4년여의 시간을 그녀가 어떤 마음으로 보냈을지 우리는 상상할 수도 없다.

사고 후 모든 연주 일정을 취소해야 했던 그녀는 심적 육체적 고통을 참아내며 재활치료를 받았다. 그렇게 말 그대로 피나는 노력 끝에야 비로소 다시 바이올린을 잡을 수 있었지만, 이미 '신동'이란 타이틀과 함께 늘 그녀를 따라다니던 대중의 관심과 기대는 모두 사라

져버린 뒤였다.

"사실 어렸을 때는 신동이라 불리는 것이 마음에 안 들었어요. 사람들이 저를 아이 취급하는 것 같아서요. 저는 그때 제 스스로가 어른이라고 생각했던 것 같아요. 정말 어렸던 거죠. 그래서 손가락 부상을 통해 하나님께서 저에게 큰 깨달음을 주신 게 아닐까 생각해요. 그때 만일 아무런 사고 없이 그냥 쭉 신동으로 불리고 많은 관심을 받으면서 활동했다면 나중에 성인이 되고 음악가로 성장해가는 과정에서 오히려 더 힘들었을 것 같아요. 그런데 그 사건으로 인해 저에게 음악이 어떤 의미인지 스스로 깨닫게 됐어요. 음악에 대한 소중함을 깊이 느끼게 된 거죠. 또 한편으로는 저에 대한 세간의 기대와 시선이 완전히 사라지는 바람에 마음에 부담도 없어졌고 정신적으로 자유로워질 수 있었고요. 지금 생각하면 그 사건이 저에겐 축복이고 행운이었던 것 같아요."

중요한 것은 그녀가 자신에게 닥친 갑작스런 불행과 시련을 견뎌냈다는 사실이 아니라 그러한 위기를 자신을 찾는 기회이자 앞으로 나아가는 동력으로 삼았다는 데 있다. 그녀의 고운 얼굴 뒤에 감춰진 강인한 내면을 엿볼 수 있는 일종의 단서일 뿐 아니라, 음악가로서 롱런할 수 있는 생명력을 타고났음을 짐작케 하는 대목이다.

"지금 생각해보면 당시 제가 어떻게 그렇게 어른스럽게 대처할 수 있었을까 하는 생각이 들기도 해요. 그때 사고 후 의사에게 '희망조차도 갖지 말라, 바이올린은 이제 못 한다'라는 진단을 받았는데, 저는 무척 담담했던 것 같아요. 열심히 치료하면 극복할 수 있다는 진단을 받았다면 오히려 힘들었을지도 모르지만, 그때는 작은 희망조차도 없었기 때문에 마음속으로 아예 깨끗이 포기했던 것 같아요. 미련이 남으면 제 자신이 너무 힘들 것 같았거든요. 그래도 음악 없이는 살 수 없다고 생각할 만큼 음악을 사랑했기 때문에 단 한 번도 음악 말고 다른 직업을 상상해본 적은 없어요. 그래서 사고 후에 오랫동안 바이올린을 연주하지 못했지만 취미로라도 다시 시작해야겠다고 생각해서 재활치료를 받으면서 천천히 연습을 시작했어요. 그렇게 시간이 지나면서 손가락이 좀 풀리고 희망이 보이기 시작하면서 다시 바이올린을 연주할 수 있게 된 거예요. 사실 그때 다니엘 바렌보임 선생님과 협연했으면 어땠을까 잠깐 상상해본 적도 있어요. 그랬다면 아마 제 인생은 활짝 폈겠죠. (웃음) 하지만 음악가가 되기 전에 인간이 되는 게 먼저잖아요. 만약 그 어린 나이에 스타가 되고 세상의 주목을 받았더라면 더 이상 다양한 인생 경험도 못했을 것이고, 인간으로서도 많이 성장할 수 없었을 거예요. 사고 당시엔 참 많이 힘들었지만 결과적으로 그 시간을 통해 성숙해질 수 있었다고 생각해요."

신동이나 천재로 불리는 이들의 공통점 중 하나는 그 나이에 비해 성숙한 결과물을 보여준다는 것이다. 보통 그 나이의 사람이라면 아직 겪어보지 못해 알 수 없는(것이 당연한) 어떤 것, 진짜 자신의 나이를 뛰어넘는 세월의 깊이를 담은 무언가를 세상에 보여줬을 때, 대중은 그들을 '신이 내린 아이'나 '하늘이 주신 재주를 가진 자'로 생각하게 되는 것이다. 그러나 정작 당사자들은 보통 사람들이 청소년기에 거치는 질풍노도의 시기를 성인이 되면서 뒤늦게 겪는 딜레마에 빠지곤 한다. 주로 '정신적 성숙'이나 '자아실현'에 관한 문제 때문이다. 제아무리 천재라 해도, 그리하여 자신이 가진 재능으로 그 분야에선 표준을 훌쩍 앞설 수 있을지라도, 직접 숨을 쉬고 나이를 먹어야 가질 수 있는 삶의 수업까지 월반할 수는 없는 노릇이다.

그렇기 때문에 성숙한 음악성과는 달리 정신적으로는 그렇게 성숙할 수 없었던 신동들이 성장함에 따라서 정신적 공황상태에 빠지거나 음악적 매너리즘에 빠지곤 하는 것을 종종 보곤 한다. 바로 그런 이유로, 바이올린을 처음 잡았던 그 순간부터 줄곧 신동으로 주목받으며 정신없이 달려온 클라라 주미 강에게 11세 때 닥친 시련은 어쩌면 그녀의 말대로 신이 주신 기회이자 '축복'이었을지 모른다. 그녀의 인생을 뒤흔들 만한 큰 위기였지만 그 빛나는 재능에 걸맞은, 시련을 통해서만이 얻을 수 있는 단단한 내면과 지혜를 얻게 됐으니 말이다.

비록 다니엘 바렌보임과의 협연은 무산됐지만 '클라라는 틀림없이 우리 기억에 남을 만한 연주가로 성장할 것'이라는 그의 예언은 현실이 됐다. 누군가의 후광이나 혜택을 입은 결과가 아닌, 온전히 자기 발로 한 발짝씩 내딛어 닿았기에 더욱 값진 오늘. 물론 음악으로 따지면 이제 막 1악장 클라이맥스의 고비를 넘긴 것일지 모른다. 그리고 여전히 인기와 관심이란 것은 불안정하다. 그러나 이제 그녀는 어떤 흔들림과 부침도 성장의 기회로 삼을 수 있는 긍정의 힘을 얻었고, 흔들릴 수는 있으나 넘어지지 않고 앞으로 나아갈 수 있는 굳건한 심지를 갖게 됐다.

"저는 완벽주의에 가까운 성격이라 항상 제 연주에 만족하지 못해요. 게다가 늘 발전만 하진 못할 거란 것도 알아요. 언제든 슬럼프도 찾아올 테고…. 저 혼자 그 모든 걸 극복하면서 평생 음악을 사랑하며 살아야 하는데 언젠가 음악에 지치고 그만두고 싶어지는 순간이 오면 어쩌나 걱정이 되기도 해요. 평생 음악을 한다는 건 쉬운 일이 아니니까요. 하지만 그렇게 되지 않기 위해 계속해서 많은 노력을 할 것이고 그러다보면 제 나름의 노하우를 쌓게 되겠죠. 그 과정이 힘들고 외로운 길이 될 거란 것도 잘 알아요. 하지만 전 이미 마음의 준비가 되어 있어요. 그동안 많은 경험을 하면서 제 자신을 다스리는 힘, 인내하는 힘을 기르게 된 것 같아요."

남들보다 뛰어나고 빠르지 않으면 주목받지 못하는 음악계에서

'신동'이란 타이틀을 얻은 것은 그녀에게 분명 행운이었다. 하지만 행운이란 언제든 떠나갈 수 있는 것이다. 자신이 타고난 재능을 '운' 이 아닌 '실력'으로 만들기 위해서는 부단한 노력과 고뇌가 필요하다. '뿌린대로 거둔다'는 말은 천재에게도 비켜갈 수 없는 만고의 진리이기 때문이다. 클라라 주미 강, 그녀는 자신에게 닥친 시련을 극복하는 과정을 통해 음악가로 살아가는데 필요한 영구적인 에너지를 얻을 수 있었다. 그것은 바로 음악을 향한 사랑을 뜨겁게 지속시켜주는 열정과 감사의 마음, 그리고 노력하지 않으면 아무것도 얻을 수 없다는 깨달음이었다.

운(運)도 뛰어넘은 강인한 의지

콩쿠르에서의 성적이 음악가의 모든 것을 말해주지는 않는다. 하지만 끊임없이 자신을 점검하고 대중에게 재능을 증명해보여야 하는 음악가들에게 있어 콩쿠르는 유력한 '기회의 장'임에 틀림없다. 세계적 대가들이 심사하고 각국의 재능 있는 신예들이 모여 경쟁하는 국제음악콩쿠르에서의 수차례에 걸친 입상 성적은, 클라라 주미 강의 재능이 비단 한국 클래식 음악계에서만 통용되는 것이 아님을 말해준다. 그녀의 화려한 콩쿠르 경력 중에서도 단연 하이라이트로 기록될만한 것은 2010년 미국 인디애나폴리스 국제콩쿠르 우승이다. 인디애나폴리스 국제콩쿠르는 전설적인 바이올리니스트 조세프 깅골드가 창설한 것으로, 국제음악콩쿠르 세계연맹에 가입된 미국 유일의 바이올린 콩쿠르이다. 4년에 한 번씩 개최되는데 총 네 번의 무대를 통해 최종 수상자를 가려낼 정도로 까다로워 '세계 3대 콩쿠르'로 손꼽힌다. 클라라 주미 강은 지난해 우승 후에 가진 언론과의 인터뷰에서 "일본에서 콩쿠르를 끝내고 새로운 작품들을 준비할 시간이 부족했기 때문에 예상할 수 없었던 우승이었다"며 벅찬 감정을 숨기지 않았다.

6월 센다이 국제콩쿠르를 치른 후 9월에 열리는 인디애나폴리스 콩쿠르까지, 그녀에게 주어진 시간은 겨우 두 달 남짓. 그녀가 인디애나폴리스 콩쿠르에서 가졌던 네 번의 라운드에서 연주한 12곡 중 이전의 센다이 콩쿠르와 겹친 작품은 단 한 곡 뿐. 금호아시아나 문화재단에서 대여받은 바이올린 과다니니에 적응할 시간도 한 달 남짓으로 짧기만 했다. 새로운 곡에 대한 연구와 연습, 새로운 악기에 대한 적응 시간이 연주의 질을 결정하는 절대적 요소가 된다는 점을 감안하면, 클라라 주미 강에게는 모든 면에서 불리한 상황이었다.

그럼에도 불구하고 그녀가 쟁취해낸 인디애나폴리스 콩쿠르 우승은, 클라라 주미 강이 본능적인 음악성과 뛰어난 연주력을 가진 바이올리니스트임을 드러내주는 방증이라 할 만하다. 스스로는 이에 대해 "여러모로 시간이 부족했지만, 유난히도 무대를 즐기며 연주한 점이 좋은 결과를 낳은 것 같다"며 겸손을 보였다.

한편 한국예술종합학교에서 클라라 주미 강을 지도한 김남윤 교수는 언론과의 인터뷰에서 "워낙에 불같은 성질의 연주를 하는 학생이었다. 어려서부터 빠른 속도로 파워풀한 음악 해석을 했기 때문에 선생으로서는 음악적으로 균형을 잡아주는 게 관건이었고, 그 중심이 잡힌 순간 세계적 수준에 손색없는 음악이 완성됐다"라며 제자에 대한 찬사를 아끼지 않았다. 클라라 주미 강은 이전에 자신을 가르친 수많은 훌륭한 음악가들 중에서도 가장 큰 영향을 받은 스승으로 김남윤 교수를 꼽는다. "이전 콩쿠르 성적이 좋지 않을 때, 이번에도 선생님께 실망을 안겨드리면 어쩌나 하는 생각이 들어 걱정될 때가 많았다"고 고백할 정도로 김 교수에게 남다른 애정과 존경의 마음을 가지고 있다.

"그동안 제가 선생님의 다른 제자들에 비해 콩쿠르 성적이 워낙 안 좋았어요. 선생님께서는 제게 재능이 있다고 하시며 노력 앞에서는 재능도 소용없으니 항상 노력하라고 말씀해주시곤 하셨죠."

과거 그녀는 '콩쿠르 운이 너무 없다'라는 말을 자주 듣곤 했다. 그녀가 하는 노력과 갖고 있는 실력에 비해 유독 결과가 좋지 않았기 때문이다.

"이전에는 그 말이 위로가 됐는데, 언젠가부터 그 말에 싫증이 나더라고요. 그래서 결심했죠. '운이 나를 따르지 않는다면, 내가 운을 뛰어넘는다!' 그렇게 마음먹고 나간 콩쿠르가 제게 첫 우승을 안겨 준 2009년 서울 국제음악콩쿠르였어요. 그 콩쿠르는 그야말로 제 자신과의 싸움이었어요. 7시간 연습하기로 한 날에 6시간 반만 연습하면 스스로가 실망스러워 견딜 수가 없었어요. 성격이 급한 사람도 아니고 최고가 되겠다는 마음에 음악을 하는 사람도 아닌데, 저답지 않게 생활 패턴까지 바꾸며 콩쿠르를 준비했어요. 콩쿠르를 준비하면서 정말 많은 걸 배웠죠. 앞으로 어떻게 해야 하는 것인지 그제야 조금 알 것 같았어요. 콩쿠르 우승이 제게 준 건 '드디어 해냈어!'가 아니라 '할 수 있어!'였던 것 같아요. 자신감을 많이 얻었죠."

앞서 언뜻 비쳤듯, 그녀는 과거 콩쿠르에 참가하기 위해 쉼 없이 아르바이트를 해야 했다. 부모님이 음악가인 집안에서 태어나 일찌감치 세상의 시선을 받고 자란 것이 사실이기에, 남들이 볼 때 그녀는 전형적인 '엄친딸'로 비춰질 수도 있을 것이다. 하지만 그녀는 '자식 넷을 키우는 건 어떤 부모에게도 힘든 일'이라며 "나 역시 부모님의 부담을 덜어드리기 위해 대학에 들어갈 때부터 학비와 생활비를 스스로 벌어 썼다"고 말한다.

"저희 집안이 막내 동생을 빼곤 다 음악을 해요. 막내 동생은 이제

대학교 1학년인데 독일로 유학을 갔어요. 오빠도 유학생이고. 그러니까 아무래도 집안에서는 경제적으로 부담이 되죠. 아버지는 오페라 가수셨는데 서울에서 교수직에 계시면서부터는 학교를 비울 수가 없어 연주활동은 포기하셨죠. 그러다보니까 자식 네 명을 다 지원해주실 여유가 없으셨던 거예요. 그래서 저랑 언니가 굉장히 일찍 독립을 했어요. 다행히 연주자로서 돈을 벌 수 있었죠.

음악을 하면서 사실 복 받은 것이, 제 나이 또래의 아이들보다 할 수 있는 아르바이트가 많아요. 저는 레슨은 하지 않았지만, 오케스트라, 엑스트라, 세션 등 다양한 일을 할 수 있었어요. 물론 아르바이트를 하면서 연습을 하고 콩쿠르에 나가는 것은 쉬운 일은 아니었어요. 육체적으로도 정신적으로도. 하지만 '너무 너무 힘들었다'고 말하면, 그건 좀 엄살일 것 같아요. 오히려 전 제가 스스로 벌어서 콩쿠르에 나갈 수 있다는 것이 좋았어요. 콩쿠르 성적이 좋지 않을 때 부모님께 죄송한 마음이 덜했으니까요.

과거 콩쿠르에 나갈 때 한두 번 아버지께서 악기 대여료를 도와주신 적이 있어요. 사실 제일 부담되는 것이 악기 대여료라고 할 수 있을 만큼 비싸거든요. 그런데 콩쿠르에 나가서 성적이 좋지 않으면 아버지께 너무 죄송해서 제 자신이 힘든 거예요. 그래서 그 다음부터는 제가 아르바이트로 돈을 벌어서 콩쿠르에 나가기 시작했어요. 보통 외국 콩쿠르에 갈 때 비행기 티켓과 숙박료에 악기 대여까지 하려면 얼추 1천만 원이 드는데, 제 능력으로 그 큰 돈을 벌려면 녹음을 비롯해 갖가지 아르바이트를 해야 해요. 언젠가는 비행기를 타러 가는 당일 아침까지 밤새 아르바이트를 한 적도 있어요. 많이 힘들었죠. 하지만 한편으론 제 힘으로 콩쿠르에 나가면 결과가 더 좋지 않을까 하는 생각을 갖고 있기도 했어요. 힘들게 벌어서 나가는 거니까 더 열심히 하게 되지 않을까 생각한 거죠. 그런데 그렇지도 않더라고요. (웃음) 아르바이트를 하면 그만큼 육체적으로 피곤하고 연습할 수 있는 시간도 줄어드니까요.

그렇게 갖은 시행착오를 겪고 고생고생해가며 콩쿠르에 다니는 몇 년 사이에 콩쿠르에 대한 생각이 달라지게 됐어요. 그리고 노하우가 생기면서 악기 다루는 게 전부가 아니라는 걸 알게 된 거죠."

이제는 '콩쿠르의 여왕'이라 불릴 정도로 좋은 성적으로 콩쿠르를 은퇴한 그녀이기에, 후배들을 위한 '콩쿠르 우승 노하우'를 물어보니 시원하게 비결을 풀어놓는다.

"저도 아직 누군가에게 노하우 같은 것을 말해 줄 수 있는 입장은 아니지만 몇 가지 팁을 드리자면, 어떤 연주를 하든지 자기 주장을 확실히 드러내야 한다는 거예요. 연주자들은 심사위원들 앞에서 짧은 시간, 무대에 올라 연주하는 바로 그 순간에 자신의 모든 것을 보여줘야 하는데, 그러려면 음악 속에서 자신의 목소리가 분명하고 커야 한다는 거죠. 그렇지만 너무 정신없이 많은 걸 말하려고 해도 안 되고요. 또한 클래식이라는 음악의 특성상, 작품 속에서 작곡가의 의도를 해쳐선 안 되겠죠. 예를 들어, 모차르트는 순수한 바로크 음악인데 낭만적이고 로맨틱하게 연주하면 심사위원들에게 감점요인이 될 수 있어요. 작곡가가 의도한 바를 잘 드러내면서 자신의 개성을 어떻게 나타내느냐, 그것이 관건이 될 것 같아요.

마지막으로 과제곡을 택할 땐, 될 수 있으면 '호불호'가 극명하게 갈리지 않는, 누가 들어도 좋은 점을 볼 수 있는 작품을 선택하는 것이 좋을 것 같아요. 너무 지나치게 자신의 개성만 밀고 나가는 건 분명 위험요소가 큰 모험이니까요. 작품 선정이든 연주 스타일이든 균형을 잘 맞추는 게 가장 중요해요. 그리고 바로 이런 것들을 빨리 깨닫는 것이 좋은 성적을 내는 비결이 될 수도 있을 거예요. 왜냐하면 콩쿠르에 참가하는 사람들은 실력 면에서 모두 비슷하니까요. 특히 결선에 올라가면 우열을 가리기 힘들만큼 뛰어난 연주자들만 남죠. 그래서 콩쿠르는 운도 필요한 것 같아요."

'작곡가의 의도를 해치지 않는 선에서 자신의 개성을 드러내되, 균형을 잃지 않을 것!' 결국 그녀를 비롯해 많은 콩쿠르 우승자들이 말하는 '비결'이다. 단순한 듯하면서도 자신이 스스로 깨닫지 않으면 마냥 어렵게 느껴지는 수수께끼 같은 말이기도 하다. 타고난 재능이 없다면, 아니 재능이 있어도 그것을 키워주는 노력이 없다면 노하우든 비결이든 그 어떤 비법을 가지고 있더라도 좋은 콩쿠르 성적, 더 나아가서는 좋은 연주를 들려줄 수 없을 것이다. 과거 콩쿠르 무대에 서기 직전에는 어떤 생각을 했었느냐는 질문에 그녀는 "그냥 '나가서 즐기자'라고 스스로 마인드 컨트롤을 했다"고 덧붙였다. 콩쿠르 무대를 '시험장'이 아닌 연주회장 삼아 누비고 다녔던 그녀는, 평소 연습을 할 때도 충분히 휴식을 취하며 자유롭고 즐겁게 하는 스타일이다. 그녀에게 연습은 시간보다 집중력이 중요한 자신과의 싸움이기 때문이다.

"저는 오래 연습하는 스타일은 아니에요. 대부분의 바이올리니스트들이 하루에 8시간씩 연습한다고 하는데, 저는 하루에 많이 해봐야 네다섯 시간 정도 하는 것 같아요. 그것도 굉장히 많이 하는 날인 거죠. 그리고 저는 만약 두 시간을 연습했다면 두 시간을 쉬어야 해요. 그렇지만 그것이 연습을 충분히 하지 않는다거나 게을리 한다는 뜻은 아니에요. 연습시간은 남들보다 적을지 몰라도 일단 연습하기 시작하면 머리가 아플 정도로 집중해서 해요. 그리고 제가 정한 연습 스케줄은 칼 같이 지켜요. '오늘은 연습하는 날'이라고 일단 정했으면 무슨 일이 있어도 집에서 안 나가고 연습만 해요. '내일 더 하면 된다'는 타협을 하지 않죠.
저는 제 자신을 잘 컨트롤해요. 연습시간보다는 오히려 그런 점이 제 경쟁력인 것 같아요. 사실 저에게 연습시간은 큰 의미가 없어요. 하루 종일 음악을 들으며 생활하니까요. 그렇게 자연스럽게 음악을 접해야지, '연습'이나 '공부'라고 못을 박고 억지로 하면 오히려 피곤하고 음악에 대한 설렘이 없어지는 것 같아요."

클라라 주미 강은 어린 시절부터 지금까지 오랜 시간 음악을 해오면서 원하는 방향으로 나아가기 위해서는 먼저 자신을 다스릴 줄 알아야 한다는 사실을 자연스레 체득한 듯 보인다. 자신의 경험을 통해 얻은 교훈을 담아 어린 후배들에게 조언을 할 때도 그녀가 강조한 것은 '스스로의 의지'였다.

"후배들에게 '늘 음악을 사랑하고, 포기하지 말고 꿈을 바라보고 달리라'고 말하고 싶어요. 특히 마지못해 음악을 하는 후배들은 없었으면 좋겠어요. 제 주위에 간혹 보면, 자기 뜻이기 보다는 부모님이 시켜서 하거나, '내가 평생 이것만 해왔는데 이제 와서 뭘 할 수 있겠어?' 하는 자포자기의 심정으로 음악을 하는 친구들이 있어요. 그런 상황이더라도 마음을 다잡아서 애정을 갖고 음악을 했으면 좋겠어요. 억지로 음악을 하면 듣는 사람도 다 느끼거든요. 한국의 음악 하는 후배들은 다들 재능이 뛰어나요. 테크닉이나 감성이나 세계 음악가들과 비교해도 뒤지지 않죠. 음악을 사랑하는 애정과 열정만 있다면 성공할 수 있는 인재들이 많다는 거예요. 저는 제 후배들, 한국의 젊은 음악가들이 계속해서 세계로 쭉쭉 뻗어 나갔으면 좋겠어요."

찰나를 위해 오랜 시간 인내한다

천재들이 난무하는 음악계에서 그녀의 존재가 더욱 특별하게 느껴지는 이유는 나이에 비해 유달리 성숙하고 자존감 강한 개성을 지니고 있기 때문이다. 과거 손가락 부상으로 자신에 대한 세간의 관심과 기대가 다 사라졌지만 그로 인해 마음의 자유를 얻어 축복을 받은 것 같다며 당당히 말하는 그녀를 보면 그 해사한 얼굴 뒤편에 얼마나 더 깊은 감정을, 그리고 이야기를 품고 있을지 짐작하기 어렵다. 이제 20대 중반에 접어든 그녀는 '빨리 30대가 되고 싶다. 그래서 사람들이 나의 20대부터 주목해줬으면 좋겠다'라고 말한다. 스무 살이 되기 전엔 항상 과거에 집착하며 살았다는 그녀는 '손가락 부상이나, 화려한 명성, 무대생활을 되돌아보는 습관 때문에 발전이 더뎠던 것 같다'는 자평도 내놓는다.

"이미 몸은 컸는데 마음이 따라오지 못했던 것 같아요. 어린 시절의 연주력이나 연주 스타일에 집착하다보니까 음악적으로 제가 지금 갖고 있는 역량을 마음껏 발휘하지 못했죠. 그런데 과거에 대한 집착을 버리고 나니까 다른 세상이 보이더라고요. 새로운 제가 보이고. 전 어렸을 때 굉장한 레퍼토리를 거의 다 연주했어요. 그런데 최근 공연 때 다시 그 곡들을 연주하게 되면 꼭 다른 작곡가의 다른 작품을 연주하는 것처럼 그 곡들이 완전히 새롭게 느껴져요."

〈잃어버린 시간을 찾아서〉의 작가 마르셀 프루스트는 '진정한 발견의 항해는 새로운 땅을 찾는 것이 아니라 새로운 눈을 갖는 것이다'라고 말했다. 세 살 때 바이올린과 인연을 맺은 이후, '음악'이라는 길에서 한 번도 벗어난 적이 없는 그녀이지만, 이제 막 자신의 내면에 새롭게 눈을 뜬 그녀의 음악인생은 이제부터 새로운 시작이라고 말할 수도 있을 것이다. 얼마 전 7년간 몸담았던 한국예술종합학교를 졸업한 그녀는 이제 한 사람의 음악가로서 스스로 자기만의 음악을 찾아가기 위한 여정에 오른다.

"그동안 세계에서 내로라하는 선생님들께 지도를 받으며 얻은 것도 많지만 저의 음악에 많은 것들이 섞여 정리가 되지 않는다는 느낌을 받았었는데, 이제는 그것을 제 것으로 소화해 내는 방법을 알게 된 것 같아요. 선생님들께 배운 많은 것들은 앞으로 저 스스로 더욱 풍성하고 깊이 있는 음악을 만들어나가는 데 필요한 기초가 될 거라고 생각해요."

질 좋은 토양에 정성들여 씨를 뿌리고 거름을 주며 밭을 가꿔온 것이 스승의 몫이었다면, 이제부터 차가운 땅과 뜨거운 태양을 견디며 속이 꽉 찬 알곡을 내놓는 일은 오롯이 그녀의 몫일 터이다. 앳된 얼

굴 뒤에, 그저 평탄하지만은 않았던 삶의 시련을 이겨낸 사람이 갖
는 특유의 성숙함까지 지닌 그녀이기에 홀로 선 뒷모습이 마냥 여리
지만은 않다. 그녀는 다부지게 말한다. 앞으로 '나이에 비해 성숙한
연주를 들려주는 음악가가 되고 싶다'라고.

"제가 연주할 때마다 목표로 하는 것이 몇 가지 있어요. 첫째는, 작
곡가의 뜻이 온전히 담겨 있으면서도 저의 개성이 녹아들어 완벽한
조화를 이루는 연주를 하는 거예요. 두 번째로는, 관객들이 '마치 음
악으로 나에게 말을 거는 것 같다'는 느낌을 주는 연주를 하고 싶고
요. 마지막으로 조금은 나이에 비해 성숙한, 다양한 색깔이 있는 연
주를 들려드릴 수 있다면 좋겠다는 바람을 갖고 있어요."

그녀는 롤모델로 '바이올린의 여제' 안네 소피 무터와 야니네 얀센
을 꼽는다. 스타일 면에선 전혀 다른 연주자들이지만, 악기와 혼연일
체 되어 연주하는 모습에서 동일한 마음가짐을 느꼈기 때문이란다.

"악기는 제 이야기를 대신 해주는 목소리라고 생각해요. 그런데 그
분들 역시 저처럼 악기를 '나의 생각과 나의 모든 것을 표현하는 목
소리'라고 여기는 것 같아요. 그분들의 연주를 들으면 그런 마음이
눈에 보여요. 왜 그런 사람 있잖아요? '이 사람이 악기를 못하게 되
면 대체 어떻게 될까?' 하는 생각이 들만큼 악기와 떨어질 수 없을

것 같은 사람. 음악을 못하면 아무것도 남아있지 않을 것 같은 사람이요. 저 역시 그렇거든요. 야니네 얀센은 너무나 열정적이고 폭발적인 연주를 해요. 안네 소피 무터는 지적이고 우아하죠. 두 분의 스타일은 전혀 다르지만 악기를 대하는 마음만큼은 같은 것 같아요. 앞으로 제 연주에도 저의 마음과 생각이 고스란히 담기길 바라요. 그리고 저의 연주엔 무터의 지적이고 우아한 분위기와 얀센의 열정적인 스타일이 모두 들어 있을 수 있다면 더 좋겠어요. 제 욕심이 너무 큰가요?"(웃음)

그녀는 쑥스러운 듯 웃어 보였지만, 음악가에게 욕심이 크다면 그것은 본인에게나 그녀를 지켜보는 수많은 팬들의 입장에서나 오히려 환영할 만한 일일 것이다. 연주자가 자기 연주에 만족하는 순간, 그것은 음악적 발전과는 이별하는 지름길로 들어서는 일일 테니까.

최근 본거지를 독일 뮌헨으로 옮긴 클라라 주미 강은 이제 본격적으로 새로운 도전에 나선다. 유럽을 중심으로 본격적인 해외 연주활동을 시작할 계획이다. 한국은 물론 일본, 미국의 매니지먼트사와는 계약을 마친 상태. 그녀에게 러브콜을 보내는 유럽의 매니지먼트사들과는 협의 중에 있다.

"클래식을 더 대중화하고 한국을 알리려면 외국에서 활동을 해야 해요. 하지만 그렇다고 국내 활동을 하지 않겠다는 뜻은 아니에요.

한국에서도 자주 공연을 할 계획이에요."

2011년, 그녀의 스케줄은 이미 꽉 차 있다. 지난 1월 미국 인디애나폴리스에서 에번스 필 오케스트라와 협연을 마친 그녀는 4월부터는 미국 8개 도시 투어에 나선다. 5월에는 한국에서의 독주회와 일본 협연이 기다리고 있으며, 9월에는 음반 녹음 작업에 들어간다. 2012년에는 인디애나폴리스 콩쿠르 1위 수상 특전으로 미국 카네기홀 연주도 잡혀 있다. 문득, 또래 친구들이 쉽게 가지 못하는 여러 나라를 바삐 드나들며 연주여행을 다니는 그녀를 그려보며 제멋대로 화려한 음악가의 일상을 상상해본다. 부러운 마음을 슬쩍 내비치자, 그녀는 사뭇 진지한 어조로 '음악가는 고독한 직업'이라 답한다.

"바이올리니스트로 살면서 힘들 때가 많아요. 그것도 다양한 이유로요. 그런데 대부분 더 힘들어지는 이유는 혼자 싸워야 하는 직업이기 때문에, 외로운 직업이기 때문에 그래요. 해외로 연주여행을 가도 내일의 연주를 위해 나가서 놀지도 못하고 호텔에 혼자 있어야 해요. 그럴 때마다 제 자신에게 '어차피 혼자 사는 세상인데 뭐 어때'라고 주문처럼 말해요. 그게 요즘 제가 제 자신에게 제일 많이 하는 말이에요. 우울한 말이라고요? 우울해서 그런 말을 하는 게 아니라 우울해지지 않기 위해서 하는 말이죠."

그녀의 말에 따르면, 음악가란 눈이 부시도록 화려한 스포트라이트를 받으며 무대에 서는 찰나를 위해 오랜 시간을 인내해야 하는 직업이다. 한순간도 긴장을 풀지 못하는 생활. 최상의 컨디션을 위해 포기해야 하는 많은 즐거움들. 늘 고독 속에서, 자기 자신과 싸우며 걸어야 하는 고된 길. 하지만 그녀는 이미 오래 전, 이제는 헤어질 수 없는 친구이자 연인인 음악과 함께하는 길을 선택했기에 늘 감사와 기쁨으로 무대에 오른다고 말한다. 아마도 그녀의 음악에 대한 애정은 그 어떤 부정도 긍정으로 승화시키는 마력을 가졌나보다.

"부정적으로 생각하자면 끝이 없어요. 하지만 긍정적으로 생각하면 음악가는 즐거운 직업이기도 해요. 사람들에게 음악이 주는 감동을 전해줄 수 있으니까요. 누군가는 말해요. 음악이 뭐가 좋으냐고. 왜 좋으냐고. 그리고 음악이 어떻게 마음을 움직이느냐고 물어요. 그런 사람들은 음악에 마음이 움직인 적이 없는 사람들이겠죠. 저는 그런 사람들의 마음을 움직이는 음악가가 되고 싶어요. 음악은 전 세계 사람들이 이해할 수 있는 유일한 언어에요. 음악이 세상을 움직일 수 있을지는 모르겠지만 영향을 미칠 수는 있다고 믿어요."

2011년에는 '그동안 연주하지 못했던 새로운 레퍼토리와 현대음악에 도전해보고 싶다'는 그녀에게 마지막으로 꿈을 물으니 마음속에 꾹꾹 담아둔 이야기를 조심스레 털어놓는다.

"젊을 때는 세계적으로 유명한 콘서트홀에 모두 서보는 것이 제 목표예요. 그리고 좀 더 나이가 들어 중년이 되면 그동안 클래식 음악가들이 잘 가지 않았던, 문화적으로 낙후된 나라들을 찾아다니면서 연주활동을 하고 싶어요. 그래서 음악으로 그들의 마음을 치유하고 싶어요. 쉽게 음악을 접하지 못하는 이들에게 음악이 주는 행복을 알려주는 음악가가 되는 것, 그래서 많은 사람들과 음악이라는 축복을 나누는 것, 그것이 제 꿈이에요. 그 꿈을 이루기 위해선 지금부터 차근차근 준비해 나가야겠죠."

지금까지 그래왔듯 그녀는 분명 앞으로도 자신이 목적한 바를 하나씩 이뤄나가며 음악가로서의 진정성이 담긴 커리어를 성실히 쌓아갈 것이다. '미모와 재능을 겸비한 연주자'라는 칭찬보다는 '카리스마 넘치는 존재감이 큰 연주자'라는 수식어가 자신의 이름에 붙기를 바란다는 당찬 바이올리니스트 클라라 주미 강. 단순히 성공을 넘어 음악이 가진 본연의 무한 에너지, 그 축복을 대중과 나누고 싶어 하는 그녀의 꿈이 이루어지길 소망한다. 가슴 속에 품은 음악과 함께 천천히, 그러나 부지런히 성장해갈 그녀의 청춘을 응원한다.

이재근

Do green이 아닌 **Being green**을 외치는
'예비' 환경운동가

환경운동가

Profile

환경운동가

출생 1987년
강원도 태백시
학력 시지고등학교 졸업
포항공과대학교 대학원 재학 중
주요경력 환경 동아리 SAVE 공동 창설
바이엘 환경대사
취미 서예
좌우명이나 좋아하는 말
Let's keep our old dreams forever young

● 환경이 중요한 시대가 도래했다 ● 인생의 터닝포인트, 포항공대 ● '예비' 환경운동가, 세계로 발을 딛다 ● '환경'은 보는 시각에 따라 정의된다 ● 20대에 내실을, 미래에는 모험을!

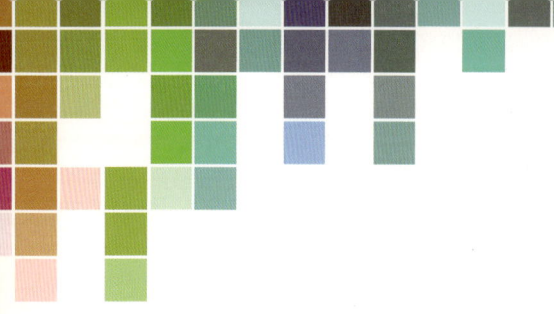

● 취재 · 글_노현주

환경이 중요한 시대가 도래했다

　　　　　　　　　이른바 환경운동을 하는 사
람이라고 하면 일반적으로 흔히 떠올리는 이미지가 있다. 삶이 지
나온 자리를 가감 없이 보여주는 희끗한 머리카락에 주름이 깊게 팬
얼굴, 융통성이라곤 털끝만큼도 찾아볼 수 없을 듯한 고집스런 성
격. 언제 어디서든 불꽃 튀는 논쟁과 토론에 익숙한 활동가. 환경운
동가라고 하면 그런 모습을 연상하기 쉽다. 그런데 20대 중반의 환
경운동가라니, 왠지 맞지 않는 옷을 입힌 듯 어색하게만 느껴진다.
　유순해 보이는 생김새에 도시의 때가 타지 않은 구수한 경상도 사
투리. 젊은 환경운동가 이재근 씨는 완벽한 모범생 스타일이었다.
평생 한 번이라도 부모님 속 썩여본 적 있냐는 질문에 빙그레 선한
웃음으로 답을 대신한다. 포항공대에 진학하기 전까지 한의대를 염

두에 두었다는 말에는 '나 소싯적에 공부도 좀 했죠'라는 속뜻을 넌지시 내비치기도 한다. 그런 그가 공대에 진학하게 된 이유는 놀랍게도 '환경'이었다.

환경과의 첫 만남은 강렬했다. 초등학생 시절, 어머니의 교육열에 이끌려 도시, 대구로 이사 왔고 당시 전학 간 초등학교에서 미술 선생님을 만났다.

"그 선생님은 굉장히 특이하신 분이었어요. 환경 교육을 많이 하셨죠. 당시에 애들이 알루미늄호일 같은 걸로 도시락을 싸가지고 오면 막 혼내시곤 했어요. 그만큼 교육을 철저하게 하셨던 거죠."

이와 비슷한 일련의 사건들을 계기로 '아 이게 환경문제를 유발하는구나' 하는 나름의 경각심을 갖게 됐단다. 사실 보통 어린아이라면 환경오염으로 지구가 썩고 있다느니, 곧 멸망할 거라느니 하는 극단적인 말에 거부감을 느끼기 마련이다. 그런데 그의 반응은 달랐다. 오히려 흥미를 느꼈다고 한다. 환경이란 복잡한 문제를 외면하지 않고 진지하게 받아들였을 어린아이의 모습은 기특함을 넘어 경외심까지 느껴진다.

"선생님의 교육방식은 제게 제대로 된 경각심을 일깨워주었죠. 결과적으로는 매우 효과적이었어요. 환경문제에 대해 심각하게 인식을 하기 시작했고 그때부터 친환경적인 생활을 하려고 노력했으니 까요."

결코 허투가 아니었다. 그는 정말 친환경적인 생활을 어렸을 때부터 해온 것이다.

"저 스스로에게 특히 철저한 편이에요. 친환경적인 생활을 의식적으로라도 하려고 하죠. 특히 종이컵 같은 일회용품은 웬만하면 사용하지 않아요. 남들이 사용하는 게 보기 싫으니까 차라리 내가 머그컵을 하나 사준다고도 하죠."

앞에 앉은 사람의 커피 잔에 꽂혀 있는 일회용 빨대가 부끄러워질 정도의 열의다.

"어디 갈 때는 항상 걸어요. 정말 비비하시만 버스에 제가 타면 조금이라도 더 무거워지잖아요. 그 무게만큼 이산화탄소를 더 배출 할 테고. 환경에 안 좋으면 안 좋았지 더 좋진 않겠죠. 택시나 자동차는 뭐 말할 것도 없고요."

친환경적인 생활은 습관에서 비롯되는 것이기에 그의 말은 일리가 있었다. 누군들 그렇게 생각하지 않겠는가? 다만 행동으로 옮기기가 힘든 것이다. 그는 그 '실천'이라는 힘든 일을 무덤덤하게 "생활이니까요…"라는 한 마디로 일축했다. 친환경은 그렇게 그의 삶 자체가 되어 갔던 것이다.

어렸을 적부터 환경에 대한 경각심을 안고 자란 그에게 고등학교 환경 동아리는 매력적일 수밖에 없는 단체였다. 고등학교에 올라가 생애 처음으로 〈연지슬〉이라는 동아리에 가입했다. 책상 앞에 앉아서 공부만 했을 것 같은 그도 공부 외에 한 눈을 판 곳이 있었다니 의외다. 그것도 남들 다 입시에 아등바등하던 고등학교 시절에 말이다.

"〈연지슬〉은 정확히 말하자면 환경봉사 동아리였어요. 환경교육 활동, 예를 들면 정화활동 같은 걸 하러 다니는 모임이었죠."

당시 동아리 지도 선생님께도 환경에 관한 많은 가르침을 받았다고 한다. 동아리는 선생님 위주가 아닌 학생들이 꾸려가는 자유로운 분위기 속에서 움직였다. 〈연지슬〉에서 활동을 하는 내내 회장직을 도맡아 했다는 그. 부드러운 얼굴 뒤에 감춰진 리더십이 있었던 것이다.

"그 동아리, 아마 지금쯤 없어졌을 거예요."

진담인지 농담인지 그가 무심코 내뱉은 한 마디에 가시가 있었다.

"요새 애들은 자극적이고 멋있는 거 좋아하잖아요. 연극 동아리 같은 거. 아마 우리 동아리는 관리를 안 해서 없어졌을 거예요."

요즘 학생들이 과연 환경 같은 사회적 문제를 진지하게 되돌아보기는 하는 걸까? 대부분이 학업과 진로, 유행 등에 빠져 늘 그 자리에 있는 환경은 쉽게 잊어버리기 십상이다. 스펙이나 취업과도 무관한 일에 자기 시간을 쪼개 고민할 이유는 없다는 게 그들의 변명일 테다. 그의 고등학교 시절이 남달랐던 이유는 바로 여기에 있었다.

환경에 대한 경각심이 동아리 활동과 개인 공부를 통해 발전되어 갈 무렵, 시간은 물처럼 흘러 어느덧 대학 진학이 다가오고 있었다. 인생의 갈림길에 서 있는 자신에게 부모님, 특히 아버지는 한의학을 추천하셨단다.

"아무래도 아버지가 그 쪽 관련 일을 하시니까 저도 처음엔 한의대를 생각했죠. 그런데 저는 뭐랄까, 좀 근본적인 것을 좋아해요. 지금도 무엇을 생각하든 근본적으로 사고하는 걸 좋아하고 어떤 일을 함에 있어서 내가 이걸 왜 해야 하는지를 제일 중요시해요. 이게 어떤 의미인지 분명히 알 때만 하는 성격이에요."

안타깝게도 부모님이 원하시는 한의학에서는 근본적인 학문의 이유를 발견할 수 없었다. 동시에 그는 스케일이 큰 일을 하고 싶기도 했단다.

"어디가 사막화가 된다고 하면 한 두 명의 목숨이 달린 일이 아니라 수 천 만 명의 목숨이 달린 큰 문제잖아요. 또 환경오염으로 없던 질병이 자꾸 생겨나는 것도 매우 중요하고 큰 문제고요."

그가 원하는 공부는 환경문제 중에서도 아주 큰 틀의 것이었다. 거기서 배우는 내용은 다른 학문들처럼 제한이 있거나 국지적이지 않았기 때문이란다. 넓은 시야로 전 세계의 환경을 두루 공부하고 싶었던 것이다. 그는 과감히 그 열정에 불씨를 지폈다.

인생의 터닝포인트, 포항공대

"솔직히 말해서 전 화학공학과가 무엇을 배우는 곳인지도 잘 모르고 들어왔어요."

티 없는 목소리로 밝게 말하고 스스로도 겸연쩍었는지 한 번 크게 웃어재낀다. 하지만 학과를 떠나 포항공대를 오게 된 것 자체가 자신에겐 큰 행운이자 변화였다는 고백이 뒤따른다.

"학교가 제게 정말 많은 기회를 제공해줬죠. 그것에 늘 감사하고 있어요."

아무리 학교가 뒷받침을 잘 해줘도 그걸 백분 활용하지 못하는 학생들이 아직도 세상에 널리고 널렸다. 주변 환경과는 상관없이 본인의 의지가 대학생활의 성패를 좌우한다는 건 누구나 잘 아는 사실이다. 그럼에도 그는 자신이 이룬 모든 업적의 공을 학교에 돌렸다. 어떤 연유로 모교에 이처럼 무한한 애정을 갖게 된 것일까?

"저희 학교는 학생 대부분이 기숙사 생활을 해서 캠퍼스 내에 오밀조밀한 분위기가 형성돼요."

한 학년에 300명 남짓 하니 학생들 간에 실질적인 교류가 잦고 교내에서 사람들을 만나기가 쉬웠단다. 그러다 보니 다른 데 한 눈 안 팔고 학과 활동, 동아리 활동에 충실하며 공부만 하게 되더라는 말이다. 워낙 낙천적이고 원만한 성격에 인간관계가 좋아 그렇게 붙어 지내는 데도 사람들과 불화를 빚은 적이 없었다고 한다. 포항공대는 그가 원하는 학문을 연구하기엔 최상의 조건을 갖춘 곳이었다.
그런데 화학공학과를 선택한 데에는 숨은 이야기가 있었다.

"처음에는 서울대 학과들을 두루 살펴봤어요. 그나마 환경관련 학과 중에는 '지구환경시스템공학과'가 있더라고요. 그런데 과에 대한 조사를 좀 해보니 토목, 건축이 합쳐진 과였어요. 제가 원하던 공부가 아니었죠."

그가 원한 것은 정말 큰 스케일의 환경문제였다. 지구온난화나 사막화, 핵폐기물 등 유해폐기물처리 문제를 다루는 범위의 학문 말이다. 이렇게 배우고 싶은 건 뚜렷한데 과와 학교를 정하지 못해 고민하던 중, 전국 고교생을 대상으로 한 이공계 캠프에 참여하게 됐다. 대학교 탐방 프로그램이었는데 당시 학교 대표로 뽑혀 간 곳이 포항공대였단다. 별 생각 없이 갔던 곳이 미래의 모교가 될지는 정말 몰랐을 것이다. 그조차 모르는 새에 포항공대는 이미 그의 인생에 중대한 분수령이 되어 있었다.

"정말 순수하게 학문을 하려면 이 학교가 맞겠다 싶었어요."

그는 학교에 대한 매력적인 첫인상을 한 마디로 압축해서 표현했다. 캠프를 다녀온 직후부터 그에게는 뚜렷한 목표가 생겼고 포항공대 내에서 학과를 살펴보기 시작했다. 그 가운데 유난히 눈에 띄는 학문, 화학공학이 있었다,

"화학공학은 '시스템'을 다루는 학문이에요. 시스템이라는 건 설정하기 나름이잖아요. 한 시스템에 인풋(input)이 있으면 아웃풋(output)이 있고. 뭔가가 들어가고 나가고, 내부에서 생기거나 없어지는 이런 과정을 다루는 거죠. 환경이라는 것도 넓게 봤을 때 지구라는 시스템을 다루는 거예요. 예를 들어 화학공장 시스템에서는 탄소거래를 다루잖아요. 국가별로 탄소가 어떻게 움직이는지 수치를 들어가며 조사하고 분석해요. 그런 곳에 화학공학에서 배우는 개념들이 유용하게 쓰여요. 제 전공은 배우는 지식 자체도 아주 유용하죠."

현대 환경문제라는 것들은 돋보기를 대고 들여다보면 대부분이 산업과학 문명의 결과물들이다. 따라서 발전을 하는 화학공장을 건설해 돌리든 간에 그 결과로 배출되는 유해 물질에 대해 잘 아는 사람이 필요하다. 그것이 결과적으로 인체와 자연에 어떠한 해를 입힐지 정확히 이해하는 사람이 정책을 만드는 데 참여해야 하나가 나오더라도 제대로 된 것이 나올 수 있다고 한다.

"그런데 그런 걸 모르는 사람들끼리는 모여서 실질적인 정책을 만들려니 어려울 수밖에 없죠. 저는 그 분들이 알아야 할 최소한의 기본적인 화학 툴들을 배우는 거라고 보면 돼요."

모범적인 고등학교 생활은 그렇게 하여 그를 목표했던 대학, 가고 싶었던 과로 이끌었다. 설레는 마음으로 갓 캠퍼스에 입성한 그의 모습은 신입생이라고는 믿겨지지 않을 만큼 당돌했다. 1학년 때 동아리 〈SAVE〉를 창단한 것부터가 그랬다.

"제가 만들었다기보다 창립 멤버로서 참여한 거예요. 선배들과 함께 만든 거죠."

그가 동아리 얘기를 꺼내기 전 거듭 강조했다. 마치 자기 혼자 동아리를 창립한 것처럼 조명될까 우려하는 모습이었다. 작은 것 하나에도 소심할 정도로 신경 쓰는 모습이 그의 성격을 그대로 투영하고 있었다. 아무리 공을 다른 사람에게 돌리려고 해도 한 가지 확실한 건 신입생이 동아리 창단의 주역으로 나선다는 건 참 드문 일이라는 거다.

"화학공학과에 입학했는데 입학생들의 절반 정도가 환경에 관심 있다고 하더라고요. 저 같은 아이들이 많아서 저조차 깜짝 놀랐었어요. 그런데 학교에 마땅한 환경운동 동아리가 없는 거예요. 시기상으로도 적절했죠."

그래서 화학공학과 출신 선배들과 함께 동아리를 만들었다. 서로 친하고 교류가 잦다보니 접근이 용이하다는 이점이 있었다.

동아리명 SAVE(Student as A Voice for Environment)는 그 자체로도 '(환경) 구조', 풀어 써도 '환경을 수호하는 학생들'이라는 의미를 갖는다는 점에서 그들의 동아리 설립 목표와 완벽히 맞아 떨어졌다.

"지금은 한 5, 6기 정도 됐을 텐데…. 저희 동아리는 특이하게 1학년들이 가입을 잘 안 해요. 오히려 고학년의 가입 비율이 높죠."

그런 연유로 기수를 굳이 따지지도 않는다고 한다. 솔직히 일반적으로 대학생활을 막 시작한 혈기 왕성한 신입생들이 환경운동을 한다는 것이 어색하게 느껴지기도 한다.

초창기 〈SAVE〉는 비공식 동아리로 시작했다. 2010년에서야 비로소 공식 동아리가 됐다는데 거기에는 그럴만한 사연이 있었다.

"저희 학교에는 동아리가 참 많아요. 정말 50~60개는 족히 되요. 다들 동아리 활동을 겹치게 하다 보니 그렇게 많아졌는데, 학교에서는 부담이죠. 그네들에게 동아리방, 동아리 지원비까지 대줘야 하니까요. 그래서 공식 동아리 허가를 잘 안 해 줘요."

차근차근 기반을 견고히 쌓아올려 작년에야 비로소 출범 5년 만에 공식 동아리가 됐다고. 그것은 그야말로 동아리 멤버 각자의 끈기와 식을 줄 모르는 열정의 산물이었다. 그의 빛나는 두 눈은 그 업적만큼이나 당차고 패기 있어 보였다. 하지만 환경 동아리에 대해 처음부터 자신 있었던 것은 아니었다는 후일담이 이어졌다.

"사실 환경 동아리라는 것 자체가 굉장히 막연해요. 환경봉사를 하는 동아리가 될 수도 있고 환경운동을 하는 곳이 될 수도 있죠."

동아리 내에서도 초창기 땐 여러 가지 고민이 있었다고 한다. 구체적인 활동계획을 수립함에 있어서 그와 동아리 창립멤버들이 난관에 부딪힌 것이다. 학교의 여건 상 어떤 게 최적일지 고심한 결과 동아리를 만들기로 결정했을 당시의 목표에 충실하기로 합의했다. 학교 내 환경문화를 정착시키자. 그렇게 교내 캠페인 활동이 시작됐다.

초반의 캠페인 활동은 맨땅에 헤딩하기나 다름없었다. 여름철 에어컨을 지나치게 틀어대고 일회용품을 남용하는 모습, 불조차 안 끄고 퇴근하는 사람들의 무책임함이 그를 좌절하게 만들었다. 환경에 대해 전혀 신경 쓰지 않는 것 같은 학교 전체에 만연한 분위기가 그를 더욱 속상하게 만들었다.

"우리 학교에도 환경에 이렇게 신경 쓰는 사람들이 있다는 것 자체를 알리고 싶었어요."

동아리가 어느 정도 자리를 잡은 4학년 때는 교내 환경문화 정착을 위해 본격적으로 뛰어다녔다. 앞으로 더 고민해봐야 할 환경문제에 관해서는 세미나를 열고 스터디를 조직해 꾸준히 공부했다.

"축제 때 환경 부스를 열어 CO_2 감축 서명 및 여러 가지 환경 교육을 실시했어요. 친환경 세제를 홍보하고 판매도 했죠."

무엇보다 가장 배짱 좋게 밀어붙였던 일은 총장님께 교내 환경 담당 부서의 필요성을 주장한 것이었다.

"어떻게 하면 성공적으로 환경문화를 정착할 수 있을까 고민 끝에 하버드나 칼텍처럼 우리도 그런 부서가 하나쯤은 있었으면 한다는 결론이 나왔죠. 총장님께 건의한 결과, 학교 사정상 부서를 당장 만들 수는 없지만 총무인사 팀장님을 보내주는 조치를 취해 주셨어요. 우리 동아리 협력자로 그 분을 선임한 거니까 앞으로의 활동을 지원하겠다는 약속을 얻어낸 거나 다름없었죠."

환경운동을 하며 가장 기억에 남는 보람찼던 순간을 꼽아달라는 부탁에 그는 사뭇 진지한 모습으로 기억을 더듬는다. 꽤나 오랜 시간 고심한 끝에 내놓은 답은 조금 허망할 정도로 단순했다. 09학번 신입생 OT 때란다. 하지만 그의 말 속 저변에는 자기만의 철학이

숨어 있었다.

"'보람'이란 내가 남들에게 어떤 영향을 끼쳤을 때 생기는 거라고 생각해요."

대학교 신입생들은 신학기를 시작하기 전 OT를 통해 대학생활을 미리 체험하고 준비한다. 그와 동아리 회원들은 1주일 동안 진행되는 빡빡한 OT 일정 중 어느 하루의 저녁시간을 빌렸다. '신입생 환경교육'이라는 명분으로 대강당에서 그들에게 주어진 시간은 고작 20여 분. 주어진 시간에 최대한 많은 것을 보여주려 노력했다. 나름 시간을 백분 활용하기 위해 사전에 많은 준비를 했고 시행착오도 여러 번 거쳤다.

"시간은 턱없이 짧았지만 저희한테는 그 시간이 거의 유일한 기회나 다름없었어요. 나중에 동아리 부스를 설치해서 홍보해봤자 몇 명 안 올 게 뻔 했으니까요. 어땠냐고요? 글쎄, 끝나고 나서는 동아리 멤버들 모두 흡족해 했을 만큼 열심히 했던 것 같아요."

사실 그 짤막한 시간을 얻으려는 동아리들이 많아 고생 꽤나 했단다. 신입생들에게 환경교육을 시킨다는 명분으로 새터준비위원회를 열심히 설득하여 얻어낸 기회였다. 그 과정에서 OT를 준비하는 위원들에게까지 강좌를 열어 이것을 왜 해야 하는지 어필했을 정도라니 그 열정 하나는 높이 살만하다.

"나중에 OT가 끝나고 우리가 설치한 동아리 부스로 찾아온 후배들이 우리를 기억해주더라고요. 그 많은 50개도 넘는 동아리 중에 말이에요. 그간의 노력이 빛을 발하는 순간이었어요."

더 기분이 좋았던 것은 그들의 환경에 대한 의식수준이 다른 학년에 비해 월등히 높은 것을 확인했을 때라고. 마치 그 당시의 감격스러움을 떠올리듯 그의 얼굴 표정이 더없이 생기 있게 피어나고 목소리는 들떠있었다.

환경캠페인에 공모전 등 다양한 경험들이 많은데 왜 굳이 OT를 꼽는지 이해가 되지 않았지만 그건 '가치관'의 문제로 풀이될 수 있을 것이다. 개인이 이룬 업적의 크기와 보람의 정도는 꼭 비례하지 않는다. 겉보기에 화려하고 거대한 행사라고 해서 보람을 느끼는 정도도 큰 것이 아니라는 소리다. 중요한 건 다른 누군가에게 얼마만큼의 영향을 미쳤느냐는 것. 당시 대학 새내기들이 환경에 대한 경각심을 갖고 그걸 몸소 실천하는 걸 봤을 때 행복은 배가 되었다고 그는 수줍게 고백한다.

그는 유넵(UNEP, United Nations Environment Programme)을 통해 활동하기도 했다. 국제연합환경계획, 유넵은 UN 조직 내의 환경활동을 촉진 및 활성화하기 위해 설립된 UN 전문기구다. 그와 연계된 유넵 엔젤(UNEP Angel)은 한국대학생들이 유넵 한국위원회와 함께 환경을 생각하는 자원봉사활동 모임이다. 그는 포항지부 4.5기로 유넵에 참여했다. 4기도 아니고 5기도 아닌 4.5기라는 것이 특이한데, 보통 1년에 한번만 뽑지만 그를 뽑을 당시에는 가을에도 선발이 있어서 '.5'가 뒤에 붙었다고 한다.

"솔직히 한 학기 동안 나가면서 너무 껍데기 밖에 없어 실망했어요. 저와 동아리 사람들은 환경이 나아가야 할 길, 환경운동을 어떻게 해야 할지, 그런 실마리를 잡고 싶어서 갔는데 사람들이 유동적이고 실제 활동하는 사람들은 적어서 실속이 없었죠."

일견 거창해 보이는 이 모임에 대해 그는 의외의 혹평을 내놓았다. 형식적인 만남에 실망한 탓이 컸다. 그래서 그는 유넵 지역 모임인 유넵 포항 지부 활동에만 충실하기로 마음먹었다고 한다. 다들 기숙사 아니면 그 지역 가까이에 살아서 모이기 쉽다는 장점을 살려 열심히 임했다. 그러다 보니 활동능력이 더 높아지고 실질적인 업적도 쌓여갔다. 이 같은 결과로 포항 지부의 활동이 서울 지부보다 낫다는 평을 본부로부터 여러 번 들었다고 한다.

구체적인 활동으로는 이면지로 공책을 만들어서 아이들에게 나눠줬던 일이 기억에 남는다고. 흔히들 한번 프린트하고 버리는 이면지를 스프링에 끼워서 직접 재활용품을 만들어 사람들에게 전달한 당시 캠페인은 꽤나 성공적이었다. 아이들의 이목을 끌기에도 모자람이 없었다.

"저 스스로도 세상에 이렇게 재활용할 게 많다는 것을 새삼 깨달았죠. 아이들과 그 깨달음을 공유했던 게 특히나 기억에 남네요. 참 좋았어요."

'예비' 환경운동가, 세계로 발을 딛다

한 여름 무르익은 포도알처럼 빈틈없이 꽉 찬 대학생활에서 해외 경험까지 그에게는 모두 '환경'과 연관된 것이었다.

2007년 영어권 국가 대학교에서 하는 여름 계절 학기를 듣도록 지원해주는 프로그램이 있었다. 덕분에 한 달 동안 영국 런던의 중심가에 위치한 School of Oriental and African Studies(SOAS)에서 '환경과 개발'이란 수업을 듣게 됐다.

"옛날에 영국이 식민지를 지배했을 당시 거기에 파견해 통치할 인재들을 양성하는 학교였어요. 그 학교에는 특히 그 지역을 개발하기 위한 개발학이 발달돼 있었는데 개발이란 항상 환경과 같이 가기 마련이죠. 국제연합환경계획(UNEP)과 유엔개발계획(UNDP)이 나란히 있는 것이나 마찬가지로요."

수업은 전반적으로 만족스러웠다. 이 계절 학기를 통해 그 전까지는 막연하고 막막하기만 했던 '환경'이란 학문을 체계화하는 데 성공했다고 자평할 정도였다.

"저는 그곳에서 기본 틀을 배웠죠. 어떤 식으로 환경에 접근해야 할지에 대한 틀 말이에요. 접근방식을 배웠다고 해도 되요. 주로 유럽이나 동양계 학생들이 와서 듣다보니 비영어권 학생들이 대부분이었어요. 그래서 수업 담당 교수 말고도 조수가 한 명 더 있어 우리를 따로 지도해줬어요. 수업 끝나고도 수업 내용을 이해하도록 도와줬죠. 기간이 짧았던 만큼 저도 정말 충실히 임했고요."

그는 의외로 자신에게 붙는 '환경운동가'라는 타이틀을 정중히 사절했다. 이유는 간단하다. 부담스럽다는 것이다. 아직 학생이고 이렇다 할 환경운동을 한 적도 없는데 그런 거창한 타이틀을 붙이는 건 이치에 맞지 않다는 논리였다. 그렇다면 당신을 무어라 정의해야 하겠느냐고 되묻자 '예비 환경운동가'는 어떠냐는 의견이 돌아왔다.

"2007년에 '바이엘 환경대사'가 제가 처음 참가한 공모전이었어요. 바이엘이라는 독일 화학 회사가 운영하는 청소년 환경 프로그램이었는데 동아리와는 다르게 딱히 참가자들끼리 자발적으로 활동한 것은 없었죠."

그는 이를 시작으로 많은 공모전에 참가했다. '그린아시아', '에코마인드', '방도시에 탐방'까지. 도전한 수많은 공모전들은 그를 이미 평범한 공과대 대학생에서 예비환경운동가로 한 단계 업그레이드 시켜놓았다. 하지만 어찌된 일인지 성과에 대한 자랑보다는 겸손이 앞서는 그였다.

유일무이한 그의 롤모델은 언어학자이자 사회운동가인 헬레나 호지. 그녀가 언어 연구를 위해 인도 북부의 작은 마을 리디크에 들어가 집필한 책 〈오래된 미래〉를 보고 반했단다. 그는 이 책에 대해 온갖 미사여구를 동원하기보다 두 엄지손가락을 조용히 치켜들었다.
저자는 서구식 개발로 환경이 파괴되고 사회적 분열까지 생긴 라다크 지방을 연구하며 지속가능한 발전과 평등한 삶의 방식을 책으로 풀어냈다. 그는 동아리 친구들과 함께 이 책을 읽었다고 한다. 모두들 감동의 늪에 빠져 한동안 동아리방에 모일 때면 책 속의 배경인 인도 라다크를 상상하곤 했다고. 하나의 책이 갖는 영향력이 그리 클 줄은 미처 예상치 못했다면서 몇 번이고 극찬을 아끼지 않는 그의 모습에서 '첫 경험'의 진한 감동이 전해졌다.

"정말 우리 모두의 심금을 울린 책이었고 몇 번을 반복해 읽어도 그때 받은 그 느낌은 그대로 전해져요. 환경에 관심이 없는 사람들이 읽어도 쉽게 이해가 될 만한. 쉽게 쓰고 전문가 용어도 별로 없어요. 내용도 좋고 책 자체를 잘 썼다고 봐요."

동아리 팀원들 언제 기회가 되면 꼭 그 지방에 갈 것이라고 노래를 부르던 어느 날, '그린아시아'라는 공모전이 눈에 들어왔다.

"그게 환경재단에서 주최하고 G-market에서 후원하는 공모전이었어요. 아시아 지역 내에서 환경에 관련된 이슈를 탐방하고 보고서를 작성하는 것인데, 딱 보는 순간 이건 기회다 싶었죠. 동아리 선배두 명이랑 총 세 명이서 한 팀으로 지원했어요."

운이 좋았던 걸까? 아니면 한 권의 책으로부터 시작된 열망이 운명처럼 그들을 이끈 것이었을까? 처음으로 낸 공모전에서 그들은 당당하게 채택됐다. 책의 저자가 사는 나라, 인도에 가게 된 것이다.

인도에 간 뒤에도 기적 같은 일들은 계속해서 일어났다. 책의 저자 헬레나와 연락이 닿아 책 속 배경인 라다크에서 그녀를 대면하게 된 것이다. 알고 보니 그곳으로 떠나기 전부터 그는 환경 관련 NGO에 이메일을 다량으로 뿌렸다고 한다. 어떻게 해서든 저자 와 연락이 돼서 인도 라다크 지방을 순방하는 김에 꼭 한번 만나보고 싶었던 것이다. 그의 열정만큼이나 간절한 이메일들이 인터넷에서 떠돌고 떠돌다가 저자의 수중에 들어간 건 정말 '기적' 외에는 달리 표현할 방도가 없을 만큼 극적이었다.

"헬레나와 연락이 닿았다는 걸 그녀가 손수 우리에게 이메일을 보내주었을 때 알았어요. 그 분과 인도에서 만나자고 약속을 하고 나서 얼마나 떨리던지. 저희에겐 크나큰 영광이었죠. 우린 그곳에서 정말 많은 얘기를 나눴어요."

저자를 존경하고 그 저서를 아끼는 만큼, 책 속에서 얻은 정보는 살아있는 정보가 아니라는 생각 또한 그는 분명히 갖고 있었다. 이유를 물으니 그의 생각은 깔끔하고 일목요연하게 정리돼 나왔다. 작가가 집필하는 과정에서 본의 아니게 과장이나 미화, 왜곡했을 가능성이 있기 때문이란다. 글쓴이의 집필 능력과 사실을 다루는 스킬은 엄연히 구분된 것이고 그것을 따로 떼어놓고 볼 줄 알아야 한다는 충고였다. 그 때문에 직접 가서 보고 느끼고 배우는 일이 중요하다고 그는 다시 한 번 역설한다. 백문이 불여일견이라고 결국 책에서 얻은 지식을 자기화하기 위해 필요한 과정인 것이다.

"또 직접 가서 기존 환경사상에 저자의 이야기가 어떤 의미를 갖는지 확인하는 것도 중요해요. 책을 그대로 믿고 받아들이기보다 스스로 책이 맞았는지 검증하고 나면 책 속 정보를 비판적으로 받아들일 수 있죠. 저는 직접 저자의 생활상을 지켜보고 만나서 면대면 인터뷰까지 하며 책 속 궁금한 점을 다 물어봤으니 금상첨화가 따로 없었죠."

저자 헬레나와는 주로 책에 관련된 것, 그리고 환경 전반에 대해서 많이 얘기를 나눴다. 사실 직접 만나서 대화하기 전까지 어느 정도 그녀에 대한 선입견을 갖고 있었다고 그가 고백한다. 책을 읽은 사람들은 알겠지만, 전반적인 내용이 매우 급진적으로 전개되기 때문이다. 환경문제로 접근해 사회 전체적 경제체제를 비판할 정도이니 말이다.

"그런데 제가 실제로 보니까 헬레나는 의외로 굉장히 느긋하고 희망적인 분이셨어요. 너무 비판적이지만도 않고…. 많은 얘기를 나눴고 그 시간들을 통해 배운 점이 책을 통해서 만큼이나 많았어요. 그 후 그 분이 저의 롤 모델이 되셨죠."

그녀를 만난 것 외에 다른 시간은 히말라야 산맥 중턱에 있는 마을들을 돌아다니면서 그 지방의 특색을 연구했다. 그리고 한국에 돌아온 후에도 헬레나와의 인연이 계속돼 같은 해 가을, 포항공대에 그녀를 초청해 강연회까지 열 수 있었다.

'에코 마인드 포럼 2009'. 그것은 사실상 그의 첫 국제무대 데뷔였다. '에코 마인드 포럼'은 2년에 한 번 독일계 화학회사인 바이엘과 유엔 환경계획에서 공동으로 주최하는 청소년 환경포럼이다. 2009년 뉴질랜드에서 열린 이 포럼에 아시아 태평양 지역의 9개국에서 각각 2~5명의 대표가 선발되어 총 25명이 참가했다. 그는 2007년 '바이엘 환경대사 4기'로 선발된 이력을 바탕으로 이 프로그램에 지원할 수 있었다.

"늘 국제무대에서 환경문제와 관련된 일을 해보고 싶었어요. 그 때 포럼이 국제 경험을 쌓을 수 있는 좋은 기회였고 적극적으로 참여 의지를 불태웠죠."

포럼 과정에서 얻은 지식과 성과물도 값졌지만 발표를 준비하는 과정 자체도 매우 유익한 경험이었다. 비영어권 국가에서 온 사람들에게 전 일정 영어로 진행되는 포럼은 좇아가기도 버거웠다. 게다가 각자 발음과 억양 면에서 천차만별이어서 상대방의 논지를 알아

듣기 힘든 경우도 많았다. '아, 여기가 국제무대로구나' 하는 생각이
절로 드는 순간이었다.

"그곳에서 당면한 문제를 해결하기 위해 제가 취한 조치는 논의의
중심에 들어가는 거였어요. 그렇게 함으로써 토론 속도를 제게 맞출
수 있었고 이야기의 흐름도 명확히 짚고 넘어갔죠."

물론, 외국인들 앞에서 영어로 발표하는 건 가슴 떨리는 경험이었
지만 그만큼 스스로 자신감을 부여하기도 했다.

그는 학교 공모전에도 참가한 적이 있었다. 탐방 프로그램의 일
환으로 환경 관련 자유주제를 정해 내놓아 공모전에서 채택되면 세
계 어디든 보내주는 프로그램이었다. 거기서 그는 'CSR(Corporate
Social Responsibility)'을 주제로 내놓아 유럽탐방을 떠났다. 2009
년의 일이었다.

"방도시에라는 분의 기부금으로 해마다 열리는 학교 공모전이 있
는데, 참여 학생 중 세 팀을 뽑아 해외로 보내주는 프로그램이죠. 저
희 팀은 영국, 프랑스를 1주일 탐방하고 1주일은 관광을 했어요."

그린아시아 같은 경우, 사상이 급진적이고 경제 체제를 비판하는

쪽이었다면, CSR은 기업이 사회적 책임을 가지고 환경활동을 하는 것을 감시 관찰하는 부류에 속하는 느낌이었다고 한다.

"사실 제 기획은 기업이 환경과 연관해 내놓은 콘셉트들이 실상 어떻게 적용되고 있는지를 알아보자는 취지에서 시작된 거였어요. 경제주의 틀은 그대로 유지한 채로, 그러니까 한 기업이 자사의 이윤을 추구하면서 동시에 환경문제는 어떻게 접근할 수 있는지를 연구하자는 거였죠."

처음 시작했을 때의 꿈은 원대했다. 뭣 모르고 영국의 석유회사 BP에 도전장을 내기도 했다. 기업이 어떤 환경의식을 가지고 회사 경영을 하고 있는지 등을 조사하려고 맨몸으로 뛰어들었다. 비록 유명 기업들로부터 죄다 퇴짜를 맞고 말았지만 말이다. 그도 그럴 것이 제대로 된 환경의식을 가지고 실천에 옮기는 회사가 얼마나 될까 싶었다. 대신 NGO에서는 반갑게 받아줬다고 한다. 사신들의 생각과 활동을 널리 알리고 싶어 하는 비영리단체로서는 그들을 환영할 만 했다.

"NGO 중에서는 이런 일을 담당하는 기관이 따로 있어요. 그런 곳을 방문해서 각 나라의 기업들은 현재 어떻게 기업 활동과 환경활동을 병행하고 또 실천은 어느 정도 이루어지고 있는지 들어봤죠."

'꿩 대신 닭'이라고 실질적인 수확은 적었지만 개인의 지적 호기심을 푸는 계기였다고 한다. 만족스런 모험이고 탐방이었다는 데 의미를 둔 것이다. 끝이 없는 그의 공모전과 해외 탐방 이야기를 듣다 보면 '예비' 환경운동가와 환경운동가의 구분은 모호해진다. 그의 인생 경험을 비추어볼 때 앞에 그런 수식어를 붙이느냐 안 붙이느냐는 중요치 않다. 다만 그가 쌓아온 전적들이 그 자체로 목소리를 높일 뿐이다. 따라서 '그깟 거 별 것 아니다'라는 몸에 밴 그의 겸손한 태도는 '앞으로 해 낼 무수한 일들에 비해 여태까지 해온 일들은 아무것도 아니다'라는 자신감 넘치는 속내로 바꿔 해석할 수 있겠다.

'환경'은 보는 시각에 따라 정의된다

불화는 불가능한 것을 가능하게 하려는 노력에서 시작된다. 그럼에도 불구하고 사람들은 항상 정의하기 힘든 것을 정의하려 들고 규정하기 모호한 것을 틀 안에 가둬두려 한다. 그러느라 수많은 논쟁과 토론을 거듭하지만 그것 역시 소모적 논쟁에 지나지 않을 때가 많다. 열성적인 토론 끝에도 늘 있던 자리에 머무를 뿐 한 발자국 더 나아가지 못하는 이유다.

환경이란 것을 마주할 때도 보는 시각에 따라 달라지는 환경만의 성질을 먼저 인식하고 인정해야 한다. 그것은 정의한다는 것 자체가 불가능하거나, 혹은 너무나 쉽게 정의되는 무엇이기 때문이다.

대학생인 그는 의외로 우리나라 현직 환경운동가들을 만나볼 기회가 많았다고 한다. '바이엘 환경대사' 같은 공모전 활동을 통해 연이 닿았던 것이다. 직접 토론장에 가서 환경 이슈에 관한 토론을 듣기도 했다. 그런데 그들 대부분이 중요한 한 가지를 빠트리고 있는 것 같았다.

"제가 그분들에게 느꼈던 아쉬움은 이거에요. 극단적인 양축의 두 사람이 토론하는 걸 보면 논의가 전혀 진전되질 못해요. 그러니 단순한 논쟁에서 끝날 뿐이죠. 제 생각엔 '환경'이란 개념 자체가 굉장히 모호해서 그런 것 같아요. 다들 환경을 말하고는 있지만 들어보면 그 녹색과 이 녹색이 달라요."

이같이 '환경'은 주관적이고 모호할 뿐 아니라 상대적이기까지 하다. 두 사람이 가지고 있는 기본 관점이 다르면 동일한 환경을 이야기해도 완전히 다른 말을 하게 된다. 아무런 교집합이 없는 상태에서 무작정 서로에게 자신의 주장만 들이대는 꼴이다. 이러한 상황에서 어떻게 '대화'라는 등식이 성립되겠는가.

"예를 들면 이런 거죠. A란 사람은 현재 환경이 이 상태로 가다간 지구가 멸망할 것 같다고 해요. 그런데 B라는 사람은 환경이란 건 플러스알파일 뿐이고 경제가 먼저다. 이렇게 양측이 기본 바탕을 다르게 두고 주장을 하기 시작하면 아예 논의 자체가 안 되는 거예요."

그래서 그가 선택한 환경 공부 방법은 소모적인 논쟁을 듣고 배우기보다 그 역사에 대해 먼저 살펴보는 것이었다. 1960년대부터 대두돼 왔던 환경 관련 이슈들. 어떤 이야기와 어떤 사상들이 있어 왔는지 책을 통해 지식을 쌓고 연구했다.

"전 저만의 가치관을 책을 통해서 확립했어요. 책에는 환경에 대한 종합적인 지식들이 다 들어있거든요. 환경문제의 '본질'을 파악하는 데 매우 중요하죠."

그런 공부는 다른 사람의 관점을 이해하는 데도 도움이 된다고 한다. 상대방이 무슨 얘기를 하는지 정확히 인식이 되어야 대화가 가능하기 때문이다. 환경문제에 대한 국제회의를 한다고 치자. 국제회의 자체가 형식적인 석상에서 국가의 이익을 대변하는 가운데 진행된다. 워낙 큰 자리이다 보니 한 국가의 대표에게 주어지는 발언시간은 몇 분 되지 않는다. 그러한 상황에서 나라에 따라 각기 다른 환경의 흐름을 완전히 꿰뚫지 않고서는 상대국과 무언가를 의논하는 것 자체가 불가능하다. 기본적으로 세계적인 환경과 경제의 역사, 배경 지식은 꿰뚫고 있어야 한다는 게 그의 주장이다. '환경 혹은 경제에 관한 배경 지식 없이는 근본적인 대화가 되지 않는다'며 〈오래된 미래〉의 저자 헬레나도 거듭 강조했다고 한다. 그러면서 환경학을 공부하기 이전에 경제학 먼저 학습할 것을 조언했다고.

"지금 우리나라를 비롯해 세계 거의 모든 국가의 경제 체제가 시장경제잖아요. 환경문제가 발생하는 모습을 보면 자본주의 시장에서 모든 것을 상품화시키면서 문제가 시작되는 거죠. 따라서 어느 정도까지 시장경제 내에 두고 볼 것인가에 대한 이해가 필요해요. 경제의 논리로 환경문제를 보는 시각이 필요한 이유죠."

그도 그럴 것이 물을 사 마신다는 것 자체가 이해가 안 되는 시절이 있었다. 그런데 오늘날에는 어떠한가? 그것이 현실이 되지 않았는가. 강, 공기라는 것도 마찬가지라는 설명이다. 그것을 상품으로 볼지 안 볼지, 그런 문제는 경계가 없다.

환경운동가들 중에서는 아예 자연을 경제의 논리로 볼 수 없다는 사람들도 많지 않으냐는 반박에 그런 사람들의 입장도 당연히 알아야 한다고 그는 대답했다. 오늘날 메인 무대에서 채택하는 것은 시장경제인 만큼 어느 국제무대에 나가더라도 기본 바탕은 경제의 논리가 항상 깔려 있어야 한다는 생각이다.

"보통 환경운동가들은 보면 파이터들이 많아요. 4대강 사업 논쟁만 해도 무조건 드러누워서 4대강 사업은 안 된다던가 하는 분들. 굉장히 행동주의적이죠. 적극적인 것은 좋다고 생각해요. 다만 의견이 다른 사람들과 대화가 안 되는 답답함은 있겠죠."

이야기의 흐름이 어느덧 우리나라 환경운동가들 사이에선 가장 '뜨거운 감자'일 4대강 사업으로 흘러갔다. 그렇지만 뒤를 잇는 그의 발언은 다소 싱거울 정도로 평이했다.

"물론 4대강 사업에 대해 알긴 아는데 잘 알지는 못해요. 제가 뉴스를 잘 안 보거든요. 뉴스라는 건 늘 반복돼요. 있었던 일을 또 얘기하고, 또 얘기하고…. 세간의 일을 계속 보도하는 그런 시스템이라고 생각해서 잘 안 봐요."

늘 근본적인 것을 집중적으로 파고들었던 습관 때문일까? 특정한 해결점 없이 지속, 반복되는 일상의 요소들에 그는 지루함 비슷한 걸 느끼고 있었다. 4대강 사업 문제를 처음 접했을 때도 이것이 왜 생기느냐를 이해하는 게 중요하다고 생각했단다. 결국 '강'이라는 것을 어떻게 이해하느냐의 차이라는 말로 스스로의 입장을 정리해 보였다. 좀 더 구체적인 본인의 생각을 캐물으니 무겁게 덧붙였다.

"제 생각은 아무래도 현 정부의 입장과는 좀 차이가 있죠. 강을 강물이라고 생각해서는 안 된다고 봐요. 물이 흐르면 그것이 스며드는 땅도 강이고 그 물 옆에 있는 모든 생태계도 다 강이죠. 경제계의 입장은 모든 것을 인간의 힘으로 제어할 수 있다고 믿는데, 만일 그런 식으로만 본다면 주변 생태계는 다 파괴되어 돌이킬 수 없는 상황으로 치닫게 될 거예요."

그는 강은 공기처럼 상품화시키지 않고 내버려 두어야 할 최소한의 자연이라 했다. 하지만 놀라운 것은 환경운동가라고 해서 모두가 4대강 사업을 반대하는 것은 아니란다.

"환경운동가 중에도 '자연을 가장 이롭게 이용하는 것이 환경에도 좋다'는 생각을 가진 분들이 있어요. 토목공사에 대한 신뢰가 바탕이 되는 것이죠. 통제와 관리를 통해 우리가 자연을 지배할 수 있다고 생각하는 거라고 보면 되요. 사실 몇몇 환경운동가뿐 아니라 경제인들도 비슷한 주장을 펼치곤 하죠. 그런데 그들이 나도 환경운동가이고 환경을 생각하는 사람이라고 하면 할 말이 없는 거죠."

맞는 말이다. 환경운동가란 자격증이 따로 있는 것이 아니다. 그래서 4대강 사업 같은 민감 사안이 나오면 토론을 해도 실용적인 대안을 이끌어내지 못하고 허구한 날 그 자리에 논의가 머무는 것이다.

서로 자연을 대하는 기본적인 시각이 다르니 그럴 수밖에 없다. 합의점을 도출해내지 못하는 소모적인 논쟁에서 벗어나지 못하는 부분이 안타까울 따름이라고 그가 슬며시 속내를 내비쳤다.

20대에 내실을, 미래에는 모험을!

각종 공모전 지원에 활발한 동아리 활동, 해외까지 탐방하면서 20대 초반을 보냈다. 그 와중에도 대학교를 스트레이트로 졸업하고 포항공대 대학원 화학공학과에 진학했다. 어째 좀 불공평해 보인다. 남들은 스펙이다, 학점이다, 영어 성적이다, 졸업 전에 끝내야 할 게 너무 많아서 대학생활을 미처 즐기지도 못하고 보내기 일쑤이다. 반면 그는 자기가 하고 싶은 공부, 활동 다 하고 거기에 스펙도 쌓으면서 살아온 것 같다.

"제가 나중에 박사가 된 후 전문연구요원으로 병역을 대체하려고 군대를 아직 안 갔기 때문에 남들보다 조금 빠를 뿐이에요. 기회는 나이가 적든 많든 상관없이 누구에게나 다 주어진다고 생각해요."

사회가 너무 특정한 사람이나 집단에게만 몰아주기식 지원을 해주기 때문에 혜택을 독차지해버린 것은 아니냐는 날이 선 질문엔 너털웃음을 짓는다. 그리고 진지하게 말을 이어나간다. 스스로 자기가 원하는 목표를 잡고, 다방면으로 알아보고 노력하는 한 기회는 반드시 온다고. 오히려 예전보다 기회는 더 많아졌다고. 그는 말한다. '짧지만 나도 살아봐서 안다'고.

하지만 여전히 사회는 때때로 살기 참 팍팍하게 느껴진다. 경기가 상승세를 타고 있다지만 청년 실업률은 떨어질 줄 모르고 어떤 학생이 600원으로 한 끼 식사를 해결할 때 다른 누군가는 100만 원이 넘는 명품 가방을 어깨에 메고 다닌다. 이렇게 사회는 항상 어두운 단면을 내포하고 있기 마련이다. 그 점에 대해 그는 단호하게 생각을 피력했다.

"소위 말하는 G20세대와 사회 양극화 또는 부의 대물림 현상을 연결 짓는 건 좀 무리가 있다고 봐요. 어느 세내라고 그러지 않았겠어요? 지금이나 예전이나 '경쟁'이 늘 존재해 왔던 것은 사실이에요. 그런 문제는 어쩔 수 없는 이 시대의 자화상으로 봐야 할 것 같아요. 비단 우리 세대만의 문제는 아니죠."

'카이스트대학교 로봇 영재 사건'에 대한 생각을 물었다. 중학생 때 로봇올림피아드 국가대표에 선발된 적 있었던 '로봇 신동'이 카이스트에 들어가고 난 후 적응하지 못하고 자살한 사건이 불과 몇 달 전에 있었다. 이 케이스에 대해서 그는 어느 때보다 더 진중하게 생각한 후 입을 열었다.

"'카이스트의 로봇 영재 사건' 같은 안타까운 일이 다시는 일어나면 안 되죠. 그러기 위해선 무엇보다 자기가 좋아하고 원하는 일 하나만 평생 파고드는 끈기와 노력이 필요하다고 생각해요. 저는 우리 사회가 옛날보다 학벌을 덜 본다고 봐요. 2000년대 이후로 전국에 학교 수준이 다 올라가고 있어요. 전국의 웬만한 대학에 새로 부임하는 교수님들이 예전에 비해 수준도 높고 훌륭하시기 때문이죠."

대학 평준화를 얘기하는 그의 모습이 꽤나 낙천적으로 보였다. 비관적인 것보다야 좋지만 나이가 어린만큼 아직 세상물정 모른다고 무시당할지도 모르는 일이다. 그러나 그는 주장하는 바에 합당한 나름의 체계화된 논리를 갖고 있었다.

"과학계의 경우, 세계적으로 동양인이 대단한 활약을 하고 있어요. 국내 대학들도 유학파 교수들을 많이 초빙하고 있고요. 이런 분위기에서 대학교의 수준은 전반적으로 올라갔죠. 학생들은 예전보다 더 훌륭한 교수님들과 발전된 인맥을 쌓고, 더 양질의 교육을 받을 기회가 많아진 셈이에요. 따라서 스스로 기회만 찾아 나서면 못 할게 없는 거죠."

결국 웬만한 대학생들이 '난 학벌이 안 좋아서 기회가 없다'는 건 변명일 뿐이라는 말이다. 그의 믿음은 사회를 향한 게 아니라 한 사람 한 사람의 잠재력과 가치를 향한, 좀 더 본질적인 것이었다.

"지금 우리 사회는 과도기라고 생각해요. 분명한 건 확실히 예전 보다는 나아졌다는 거예요. 사회의 양극화 같은 문제들은 꼭 우리나라, 특정 세대에만 국한된 문제가 아니라 여느 사회, 여느 세대나 겪어온 거잖아요. 그 답은 한 개인이 줄 수 있는 게 아니라고 봐요. 그저 자기 분야에서 열심히 하면 길이 보인다고 믿고 나아가는 거죠. 자기가 만약 어떤 분야에서 성공을 하고 싶다면 꼭 어느 회사를 들어가려고 목매기보다는 그 분야의 공부를 대학 생활 내내 정말 열심히 하는 거예요. 자신이 지원하지 않아도 회사 측에서 나를 스카우트 해갈 정도의 실력을 키우는 거죠."

개인의 무한한 노력과 희생만을 강요하는 것이 아니라, 자신의 노력이 선행되었을 때 당연히 사회도 인재를 알아보고 찾지 않겠느냐는 것이 주장의 핵심이다. 하지만 그 역시 노력 하나만 가지고는 2% 부족하다는 점은 인정했다. 노력에 상응하는 결과를 보기 위해서는 정보 습득이 매우 중요함을 실감했다고 한다.

"대학교에 선배 한 분이 계셨어요. 동아리 선배였는데, 늘 '포항은 정보가 정말 없다. 너무 고립돼 있다. 서울과 천지 차이다'라고 하시는 거예요. 처음에는 별 신경 안 썼는데 그 말이 맞다는 걸 그 선배가 알려준 한 인터넷 카페에 가입하고서야 깨닫게 됐어요."

인터넷 정보 공유 카페들을 통해 서울뿐 아니라 우리 사회에 이렇게 기회가 많이 있음을 깨달았다고 한다. 하지만 여태까지 그만 모르고 있었다는 사실에 배가 아프진 않았단다. 다만 처음 알았을 때의 충격 같은 건 좀 있었다고 솔직히 털어놓았다. 아무리 정보화 시대라고 해도 결국 정보를 찾는다는 것 자체가 개인의 노력과 시간을 요구함을 그의 말을 통해 깨닫는다. 덕분에 이래저래 한 사람의 의지와 노력이 얼마나 중요한지는 거듭 강조 안 해도 알겠다.

"이런 정보나 인터넷에 대해 제가 남들보다 좀 늦었기 때문에 얻은 이점도 있어요. 대학 1, 2학년 때는 환경 관련 책을 읽고 스터디를 하는 등 공부에만 집중할 수 있었거든요. 지금 와 생각해 보면 그 기간이 환경에 대해 내실을 다지는 시간이었죠. 그러니까 3, 4학년 때 자기소개서를 쓸 일이 생기더라도 한 문장 한 문장을 자신 있게 써 내려 갈 수 있었어요. 환경의 본질에 대해 많이 생각하고 공부할 시간을 가졌던 게 도움이 되었던 거죠. 미리 각 이슈들에 대해 깊이 생각해 볼 기회가 있었으니까요."

그는 자부했다. 그가 그동안 해온 공부, 만들어온 내실로 남들과 차별화될 수 있다고. 그렇게 내실이란 항상 준비된 사람이 되기 위해 필요한 것이다. 기본이 잘 다져져 있지 않으면 본인이 어느 상황에서 무슨 일을 해야 할지 갈피가 안 잡히기 때문이다.

"그린아시아 같은 경우도 제가 '이걸 해야지' 하고 찾아다닌 게 아니라 인터넷 서핑을 하다가 우연히 발견한 거였어요. 바로 신청해서 채택되었죠. 만약 그 당시 제가 충분히 준비가 되어 있지 않았더라면 불가능한 일이었겠죠."

기회를 단숨에 낚아챌 수 있도록 준비된 사람만이 '운 좋게 걸렸다'고 하기 보다는 '준비를 갖추고 있었으니까 가능했다'고 자신 있게 털어놓을 수 있는 법이다. 남들이 나를 알아주는 것도 마찬가지다. 자기가 특정 분야의 일을 꾸준히 좋아하고 계속 하다보면 그에 관련된 끈(네트워크)은 자연스럽게 형성되기 마련이라는 게 그의 소신이기도 했다.

"솔직히 저는 미래에 어떤 직업을 갖든 상관없을 것 같아요."

맥 빠지는 얘기일 수도 있다. 여태까지 해온 게 있는데, 뭔가 목표한 게 하나쯤은 있겠거니 기대하는 일반의 예상은 틀렸다. 학계에 남는 것도 재밌을 것 같고, 기업에 들어가도 좋을 것 같다는 그. 진정 직업에 대한 욕심이 없는 것일까? 아니다. 직업에 전혀 제한되어 있지 않다는 게 그의 주장이다.

"제가 워낙 낙천적이라 뭘 하든 웬만하면 만족할 성격이에요. 어디서든 만족하는 삶을 사는 것이 제일 중요하잖아요. 직업은 그다지 중요하지 않아요. 무얼 하고 사느냐는 중요하죠."

그래도 만약 환경 쪽 일을 업으로 삼는다면 국제기구인 국제연합환경계획(UNEP)이나 유엔개발계획(UNDP)에 들어가고 싶단다. 국제무대를 향한 꿈은 계획적이고 다부졌다. 직업이나 직위 자체는 그다지 중요하지 않다. 그러나 하고 싶은 일을 하기 위해서 쏟는 시간, 노력, 투자는 중요하다. 그는 이런 말을 충고이자 자신에게 하는 각오처럼 쏟아냈다.

"제가 미래에 운이 좋아 원하는 곳에 들어가게 되더라도 준비가 안된 상태에서 주어진 일들을 수행하는 건 무리겠죠. 같이 일하는 사람들에게 피해를 주는 건 말할 것도 없고요. 그래서 전 현재 기초를 아주 탄탄히 쌓아올리고 있는 중입니다."

자기가 원하는 일에 확신을 갖고 자신감을 쌓는데 20대의 10년 정도는 투자해도 전혀 아깝지 않다고 한다. 그가 왜 한사코 '환경운동가'라는 호칭을 거부했는지 이제야 알 것 같다. 그는 지금 자기만의 환경관을 정립해 나가고 있는 것이다. 다른 사람들의 주장에 휩쓸려 자신이 설 자리를 정하기보다 스스로 쌓아올린 논리를 바탕으로 환경을 바라보기 위해.

"그래서 저에게는 박사학위가 꼭 필요해요. 환경 관련 일을 하려면 특히나 더 그렇죠. 박사학위 과정을 통해서 환경 논리라든가 하는 심도 있는 사고력이 길러지니까요."

이제 겨우 25세. 수명을 길게 100세로 잡으면 그는 겨우 1/4 살았다. 그 사이 참 많은 걸 경험했다. 주로 또래가 걷지 않는 길을 걸었다. 그가 걸어온 길과 앞으로 걸어갈 길이 별로 다르지 않아 보인다. 이대로 걷던 길로만 쭉 가도 인생이 탄탄대로일 것만 같다.

그런데 그는 더 많은 것에 '도전'해보고픈 열망을 버리지 못한다고 했다. 아직 시도하고 싶은 일들이 수두룩하게 남아있단다. 그는 전혀 지치지 않았다.

"대학원을 끝마치면 외도를 좀 해볼 생각이에요. 사회에 나가기 전 인턴이라든지 제가 여태껏 쌓아보지 못했던 경험들 위주로요. 대학원 박사과정까지 다 끝나면 28~29세일 테니 그 때라도 늦었다 생각' 안하고 꼭 해볼 겁니다."

  나이야 그렇다 치고, 그가 말하는 '외도'는 보통 사람들이 말하는 그것과는 좀 달랐다. 남들은 그냥 착실한 생활이라고 해야 마땅할 것들을 외도라고 표현하는 걸 보면 그동안 그가 걸어왔던 길이 얼마나 곧았는지 새삼 느낄 수 있다.

  인터뷰 중간 중간 그는 '살면서 단 한 번도 후회를 해본 적이 없다'고 했다. 믿기 힘든 고백이었지만 그건 단순히 그가 사리분별력이 뛰어나 매번 최상의 선택을 했다는 의미는 아닐 것이다. 일단 한 번 들어선 길은 앞만 보고 간다는 자신의 인생철학을 내포한 말이라고 볼 수도 있겠다. 그동안 쌓아온 다채로운 삶의 경험들이 그가 인생의 한 순간도 허투루 보내지 않았음을 증명해주고 있었다. 앞으로 이재근 '예비' 환경운동가가 내딛는 발걸음이 또 어디로 향할지, 그 내실과 숙성의 정도를 기대해 본다.

방수아

자신감이
티켓이었다

WEST 프로그램 인턴

Profile

WEST 프로그램 인턴

출생	1988년
	서울
학력	진성고등학교 졸업
	한국기술교육대학교 디자인공학과 3학년 재학 중
주요경력	웨스트 프로그램(WEST Program) 인턴
취미	독서, 음악감상, 그림 그리기, 피아노 연주
좌우명이나 좋아하는 말	
	Carpe Diem,
	지금 살고 있는 현재 이 순간에 충실하라

● 뉴요커의 꿈과 거대한 쥐 ● 박물관은 살아있다? ● 젊어서 고생은 사서도 한다는 기쁨 ● 어려움은 있었지만 모두 극복할 수 있는 것들이었다 ● 꿈, 브랜드 '수아'

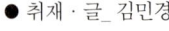 취재 · 글_ 김민경

뉴요커의 꿈과 거대한 쥐

　　　　　　　　　　　"인턴으로 하게 될 일이 전
공과 상관없어도 괜찮습니까?"

"어차피 폭넓은 경험을 위해 지원한 해외 인턴입니다. 무슨 일을
하더라도 저에게는 도움이 된다고 생각합니다. 하다못해 길에서 햄
버거 장사를 하게 되어도 열심히 할 겁니다."

2009년 5월. WEST 프로그램 지원자를 대상으로 한 면접에서
22살 청년 방수아는 당차게 대답했다. WEST 프로그램은 Work,
English, Study and Travel의 약자로, 2008년 한·미 정상 회담에
서 합의한 대학생 연수 취업 프로그램이다. 미국의 언어와 문화를 배
우며 동시에 실무 경험을 쌓을 수 있도록 어학연수 5개월, 인턴 최장
12개월, 여행 1개월로 구성되어 있다.

"저는 거창한 것을 이루기 위해 미국에 가고 싶은 것이 아닙니다. 오히려 영화나 드라마를 통해 본 미국의 모습에 유치한 환상을 갖고 있습니다. 제가 지원한 이유는 미국의 문화를 체험하고 싶고 그것이 제게 소중한 경험이 될 것이라 믿기 때문입니다."

한국기술교육대학교 디자인공학과 3학년생인 방수아는 사실 얼마 전까지만 해도 과제와 시험에 치이고, 밤샘을 밥 먹듯 하며 바쁜 하루하루를 보내던 평범한 미대생이었다. '섹스 앤 더 시티(Sex And The City)', '가십 걸(Gossip girl)', '프렌즈(Friends)' 같은 미국 드라마를 좋아하지만 '저들처럼 뉴욕에서 멋진 커리어 우먼으로 살겠다'는 생각은 단 한 번도 해본 적이 없었다. 그러던 중, 학교 게시판에 걸린 WEST 프로그램 포스터는 20대의 방수아를 송두리째 바꿔놓았다. '한·미 대학생 연수취업'이라는 제목이 멀게만 느껴졌던 외국 생활의 문을 활짝 열어줄 것 같아 보였기 때문이다.

"밑져야 본전이라는 생각으로 학교에서 1차 인터뷰를 할 때만 해도 큰 기대는 없었어요. 거창하게 포부를 밝히며 강한 의지를 보이기보다 그냥 편한 마음으로 제 생각을 솔직하게 말했어요."

인터뷰 합격 통지를 받은 뒤 곧이어 미국에 있는 비자 스폰서 회사와의 전화 인터뷰도 무사히 통과했다. '가야 하나, 말아야 하나?'

막연히 갈 수 있으면 좋겠다는 생각에 지원했지만 막상 합격을 하고 나니 고민이 이만저만이 아니었다. 이제 겨우 2기를 모집한, 시작된 지 얼마 되지 않은 프로그램이었기에 그만큼의 가치가 있을까 고민할 수밖에 없었다. 학교에서 지원하는 비행기 값을 제외하고는 모두 자비로 해결해야 한다는 것도 큰 부담이었다.

뉴욕으로 떠난다는 생각에 들뜨고 즐겁기만 하던 처음의 마음은 출국 날짜가 가까워져 올수록 왠지 모를 불안감과 두려움에 휩싸였다. 호주로 한 달 어학연수를 다녀온 적은 있지만 이렇게 오랫동안 혼자 외국에 나가는 것은 처음이었다. 일종의 모험이었다.

비자를 받고 비행기표를 끊고, 짐을 싸고, 사람들과 작별 인사를 나누면서 뉴욕행 준비는 어느덧 막바지에 이르렀지만 불안감은 사라지지 않았다. 결국 공항에서 엉엉 목 놓아 울었다. 그런데 가족들을 뒤로하고 게이트를 통과하는 순간 마음은 새로운 도전에 대한 기대와 흥분으로 벅차오르기 시작했다. 뭐든 잘해낼 수 있을 것 같은 용기가 불끈 샘솟기 시작한 것이다. 어느새 비행기는 한국 땅을 박차고 뉴욕을 향해 날아오르고 있었다.

'설마 내가 본 저 큰 아이가 쥐는 아니겠지?'

뉴요커의 환상이 깨지는 데는 그리 오래 걸리지 않았다. 어학연수 기간 중 싼 값에 얻은 퀸즈의 한 낡은 아파트는 바퀴벌레의 천국이었다. 식사 도중 벽을 따라 지나가는 커다란 쥐를 볼 때까지만 해도

'살 만'은 하다고 생각했다. 여기에 오래된 아파트여서 쿵쾅거리며 뛰어다니지 않아도 시끄럽다고 아랫집에서 항의가 잇따랐다. 무엇보다 밤이면 나타나 물어대는 빈대는 도저히 참을 수가 없었다.

'연막탄 살충제' 또는 '이사'. 인터넷으로 빈대 없애는 법을 찾아보니 누리꾼들이 제시한 해결책은 딱 두 가지였다. 결국 그녀는 월세가 무려 300달러나 더 비싼 도심 아파트로 이사를 해야 했다.

어려움은 거기서 끝나지 않았다. 넉 달의 어학연수를 마쳤지만 인턴 자리를 알선해주는 스폰서 업체는 일을 구해주지 못했다. 한국처럼 미국에서도 인턴 자리를 찾는 이들이 많았고 취업난이 심각했기 때문이다. 개인적으로 이력서를 제출하는 것보다 스폰서 업체를 통하는 편이 유리하지만 기다리는 시간이 길어지자 스스로 일을 찾아나서는 사람들이 생겨나기 시작했다. 오랫동안 일을 구하지 못하면 한국으로 돌아가야 한다는 생각에 언어가 문제가 되지 않는 한인 기업에 취업하는 학생도 늘어났다. 하지만 원칙적으로 구직은 스폰서 업체의 역할이었고, 무슨 일이든 긍정적으로 생각했기 때문에 인턴 구직도 쉽게 될 것이라는 막연한 기대를 하고 있었다.

"그렇지만 직장을 구하지 못하면 더 이상 뉴욕에 머무를 이유가 없었어요. 아무것도 하지 못한 채 그냥 한국으로 돌아가야 하면 어쩌나 싶어 걱정이 되기 시작했죠."

한 달을 논 뒤에야 그녀는 직접 이력서와 자기소개서를 보내기 시작했다. 기대했던 만큼 인터뷰 제의는 들어오지 않았다. 맨 처음 인터뷰를 한 소호의 한 디자인 스튜디오에서는 거절을 당하기도 했다. 귀국을 진지하게 고민하기 시작할 즈음, 첼시의 한 디자인 스튜디오에서 인터뷰 제의가 들어왔다.

그녀는 어학원에서 뽑아준 예상 질문 목록을 바탕으로 인터뷰를 준비했다. 또 전공과 관련해 작업해 왔던 것들을 모아 발표 자료를 만들었다. 디자인을 업으로 하는 사람들에게 자신의 작업들이 초라해 보일지도 모른다는 생각이 들기도 했지만 용기를 냈다.

'모두 내 자신감에 반하게 만들 거야!'

회색 트레이닝 차림에 선글라스를 끼고 머리를 바짝 세워 올린 파격적인 모습의 사장은 그 외모만큼이나 호탕하고 재미있는 사람이었다. 작업들을 보여주며 한국인 특유의 겸손함과 함께 "좀 이상해 보일 수도 있지만…." 하고 입을 떼자 위축될 필요가 전혀 없다며 자신감을 가지라고 오히려 격려해주기까지 했다.

"좋아요. 한번 같이 일해 봅시다."

인턴에 앞서 수습으로 채용된 그녀는 로고 디자인, 책 표지 디자인 등 여러 가지 과제를 하나하나 해 나가며 많은 것을 배우고 또 느낄 수 있었다. 그런데 무슨 이유에서인지 사장은 인턴 계약을 하지 않고 수습 기간만 연장했다. 언제 인턴이 될지 모르는 상황에서 조금씩 지치기 시작할 즈음 드디어 스폰서 업체에서 인터뷰 제의가 두

곳에서 들어왔다는 소식을 전해왔다.

첫 번째 인터뷰사는 자갓 서베이(Zagat survey). 자유로운 분위기의 스튜디오와 사뭇 대조되는 매우 조용한 분위기에서 디자인 부서장, 선임 디자이너와의 인터뷰가 진행됐다. 면접 자리에서 미리 준비해온 노트북으로 직접 프레젠테이션을 하기 시작했다. 미리 이력서와 함께 작업들을 보냈지만 면접관들이 모든 작업을 보고 기억할 수는 없는 노릇이기 때문이다.

"출력한 포트폴리오보다 더 생생하게, 덤으로 제 열정까지 듬뿍 보여줄 수 있는 방법이었어요. 그럴 때 정말 중요한 건 '자신감'이죠."

면접관은 인터뷰 후 웹 배너 디자인을 그녀에게 과제로 내주었다. 한 번도 해 본 적이 없는 생소한 작업이었지만 하룻밤을 꼴딱 새우며 나름대로 최선을 다해 디자인을 완성해 전송했다. 면접관은 며칠 후 드디어 그녀를 인턴으로 채용하겠다는 의사를 밝혀왔다.

그로부터 이틀 후에는 메트로폴리탄 박물관 인터뷰였다. 자갓 서베이와는 달리 인터뷰는 내내 화기애애한 분위기에서 진행됐다. 재미있고 호탕한 웃음소리를 가진 상사의 유쾌한 진행 덕분에 그녀 역시 자신 있게 인터뷰를 할 수 있었다.

"제가 가져간 작업들을 상당히 마음에 들어 했어요. 엄지공주를 주제로 한 저의 타이포그래피 작업을 소개하며 자신 있게 엄지공주 줄거리까지 설명해 주었지요."

그녀는 그 자리에서 메트로폴리탄 박물관 인턴으로 채용됐다. 이렇게 자갓 서베이와 메트로폴리탄 박물관 두 곳에서의 인턴 생활의 막이 올랐다.

박물관은 살아있다?

일단 인턴으로 채용된 뒤 회사 근처 맨해튼으로 이사했다. 매일 걸어서 출퇴근을 할 수 있었다. 메트로폴리탄 박물관까지는 센트럴 파크의 서쪽 집에서 공원을 가로질러 30분 정도 걸어가야 한다. 800달러나 하는 비싼 방세 때문에 '교통비라도 아끼자!'는 생각으로 시작한 출근 방법이지만, 아름답고 즐거운 센트럴 파크에 완전히 매료되어 나중에는 일부러 여유 있게 집을 나와 공원의 아침 풍경을 즐기며 걸을 정도였다. 맑은 아침공기, 목장처럼 드넓게 펼쳐진 파란 잔디밭, 조깅하는 사람들, 주인을 따라 산책하는 강아지…. 이보다 더 유쾌한 출근길이 또 있을까?

'뉴요커'하면 제일 먼저 떠오르는 이미지가 아침 출근길 한 손에는 베이글, 다른 한 손에는 커피를 든 채 빌딩숲 사이를 바쁘게 걸어 다니는 모습일 것이다. 황금 같은 아침 출근 시간, 뉴욕 거리의 노점상은 빠르게 한 끼를 해결하려는 바쁜 직장인들로 북적인다.

"크림치즈 베이글과 핫초코 한 잔이요."

여유 있게 자리에 앉아서 아침 식사를 할 시간은 없지만, 종류도 다양하고 맛있고 저렴한 길거리 음식은 뉴욕에서 느끼는 작은 즐거움 중 하나였다.

오전 9시. 이미 관람객 수십 명이 박물관 앞 계단에 앉아 있다. 이렇게 아침 일찍 미술관을 찾는 이들 대부분은 혼자 느긋하게 작품을 감상하러 온 사람들이다. 메트로폴리탄 박물관은 루브르 박물관, 대영박물관과 함께 세계 3대 박물관 중 하나이다. 미국인, 특히 뉴요커들의 자부심을 대변하는 곳이기도 한 이곳은 먼저 그 규모와 웅장함이 관람객들을 압도한다. 1872년 처음 세워지고, 1926년 현재의 모습을 갖추게 되었으며, 무려 2억 점이 넘는 예술작품을 소장하고 있다. 소장품은 19개 분과로 나뉘어, 고대에서 현대까지 시대별, 문명권별로 전시된다.

전시는 지하 1층부터 지상 2층까지 하는데, 너무 넓어 다 둘러보기에는 하루로 부족하다. 때문에 메트로폴리탄 박물관 관람에도 요령이 있다. 넓은 박물관에서 길을 잃지 않고 효율적으로 관람하고 싶다면 가장 먼저 입구 안내 데스크에서 박물관 지도를 챙겨 관심 있는 분야부터 공략해야 한다. 만약 박물관의 모든 미술품을 보고 싶다면 아예 2~3일 정도 여유를 갖고 둘러보는 것이 좋다고 한다.

"이 작품으로 컵을 디자인할 건데, 수아 씨가 한번 해봐요."

메트로폴리탄 박물관에서 맡은 일은 기념품 가게에서 판매할 기념품을 제작하는 일이었다. 머그잔, 우산, 스카프, 지팡이, 시계, 학용품, 옷 등 종류도 다양했다. 이때 미술작품과 기념품의 연관성이 매우 중요하다. 예를 들어 르누아르나 루벤스의 아름다운 여인을 모델로 한 작품들은 그에 걸맞게 고전적인 멜로디 보석함이나 고풍스러운 액자, 장식용 식기로 제작이 된다. 반면 이집트관의 파란 하마 조각품은 특유의 깜찍한 이미지로 그림책, 인형, 학용품 같은 어린이용품으로 제작돼 많은 어린이들의 사랑을 받았다. 현대적 느낌이 물씬 풍기는 사진 작품들은 엽서, 수첩, 텀블러, 가방, 티셔츠 등으로 제작되는데, 주변 뉴요커들이 사용하는 모습을 종종 볼 수 있었다.

"처음엔 '커피 타는 일이나 시키면 어떡하지?' 하고 촌스러운 걱정도 했는데, 바로 실무에 투입돼서 놀랐어요. 풋내기에 불과한 인턴에게 선뜻 비중 있는 일을 맡긴다는 게 상당히 인상적이었죠."

그녀는 흰 티셔츠나 하얀 머그잔에 미술작품을 어떻게 넣어 제작하면 좋을지 연구하는 일을 했다. 미술작품 이미지를 컴퓨터로 보정

하고 편집해 모형을 만들어보고 회의에서 피드백을 받았다. 제품으로서 가치를 인정받으면 전 세계 여러 회사에서 상품으로 제작되는데 진짜 제품이 되어 나오기까지 길게는 1년이 걸리기도 한다.

"전문 디자이너들과 일하면서 디자인 감각을 키울 수 있었고, 그들의 노하우와 지식을 직접 배울 수 있어서 정말 유익한 시간이었죠."

그녀가 회의에 내놓을 제품의 간단한 모형을 만들거나 보드를 만들면 상사나 동료들은 늘 피드백을 주곤 했다. 비록 인턴이었지만 같은 동료로서 존중받는 느낌은 그에게 소속감과 함께 더 열심히 하고자 하는 마음을 불러일으켰다.

이어서 맡은 일은 작품 이미지를 스카프 무늬로 쓸 수 있도록 수정하는 일과 이슬람의 장신구 이미지를 수집하는 일. 간단한 작업일 것이라 생각했는데 이미지를 수정하는 데만 3일이 걸렸다.

하루 종일 컴퓨터와 씨름해야 하는 작업이라 일을 하다 보면 점점 어깨도 아파오고 눈도 몹시 피곤했다. 그럴 때면 잠깐 밖에 나가 센트럴 파크의 풍경을 바라보거나 2층의 미술작품들을 감상하고, 카페테리아에서 달콤한 컵케이크를 먹으며 스트레스를 풀곤 했다.

직원이라서 박물관 입장이 공짜라는 것은 가장 큰 특권이자 즐거움이었다. 피카소 전시회와 같이 유명하고 규모가 큰 전시가 끊임없이 열렸다. 그중에서도 특별히 즐겨 찾은 곳은 현대 예술관과 유럽

회화관으로 가장 많은 관람객이 모이는 전시관 중 하나였다.

"좋아하는 아름다운 미술작품들을 직접 감상하고 느낄 수 있어 전정말 행운아라는 생각이 들었어요."

제품 디자인을 할 때는, 우선 하나의 제품에 대한 여러 가지 디자인을 만들어 본 후 상사의 조언을 듣는다. 어떤 점을 보완하면 더 괜찮은 디자인이 나올지 상의한 후 정해진 디자인을 출력한 다음 보드에 출력물들을 정리하면 프레젠테이션을 위한 준비는 끝이 난다.

"처음에는 그저 아무 생각 없이 자리가 되는 대로 출력물들을 정리해 붙였는데, 그냥 한다고 되는 일이 아니더라고요. 학용품, 의류, 기타 장식용품 등 비슷한 제품끼리 모으고 같은 주제와 분위기를 지닌 제품들끼리 정렬해야 프레젠테이션을 하기도 편하고 보기에도 깔끔하다는 것을 깨달았어요. 배열을 할 때도 시각적으로 균형감과 아름다움이 느껴지도록 최선을 다 했고요."

이렇게 완성된 보드로 프레젠테이션을 하면서 다른 부서의 여러 가지 의견을 듣고 최종적으로 정해진 디자인은 모형으로 제작된다. 모형이라도 제품으로 만들어봐야 좋은 디자인의 방향을 정할 수 있기 때문이다. 디자인상으로 문제가 될 거라고 생각하지 못한 점도 모형 작업에서 발견되곤 한다.

"작품을 제작하는 업체와의 커뮤니케이션에서 문제가 생길 수도 있기 때문에 이 과정은 여러모로 중요한 단계라고 할 수 있어요. 예를 들어 스카프에 붉은색 꽃잎을 넣는 것으로 디자인을 했는데 막상 모형물로 만들어 보니 붉은색 꽃잎들이 마치 피가 묻어 있는 것처럼 보이는 거예요. 색상을 바꾸거나 아예 새로운 디자인으로 바꿀 수밖에 없었죠."

러시아식 달걀 공예 디자인을 맡았을 때다. 그는 디자인에 참고하기 위해 여러 가지 달걀 공예에 관한 책을 먼저 읽었다. 달걀을 잘라 뚜껑을 만들고 푹신한 솜으로 채워 만든 작은 선물함에서부터 가족사진이 달걀 속에서 꽃잎처럼 튀어나오는 방식으로 만들어진 액자까지 수없이 많은 종류로 만들어진 작품들을 보며 그 섬세함과 아름다움에 놀라지 않을 수 없었다.

"제품이 나오기까지 기간이 길기 때문에 제가 디자인한 제품을 직접 보진 못했어요. 하지만 모형만 봐도 뿌듯했지요. 이렇게 여러 가지 형태와 제품으로 만들어질 수 있다는 게 놀라웠어요. '열심히 배워서 내 것으로 만들어야지!' 하고 다짐했답니다."

하지만 초심을 잃지 않기란 쉽지 않다.

"앗, 지각이다!"

어느 여름날, 눈을 떠보니 해는 이미 중천에 떠있었다. 출근 시간을 훌쩍 넘긴 시간, 화창한 날씨에 마음은 싱숭생숭해지고 놀러 가고 싶은 마음이 뭉게구름처럼 뭉실뭉실 떠올랐다.

'설마 인턴 하나 없다고 일이 안 되겠어?'

월급 한 푼 받지 않는 인턴이라 혹여 잘려도 잃을 건 없다는 생각까지 들었다. 못 간다고 전화 한 통만 넣어도 좋았을 것을 그마저도 귀찮아 그냥 결근을 했다. 나태해진 마음은 어느새 그를 다시 침대 속으로 밀어 넣었다. 그렇게 무단으로 결근을 한 다음 날, 상사인 루벤 루나(Ruben Luna)가 그를 불렀다.

"수아 씨, 인턴으로 일하는 게 언제까지죠?"

"오는 10월까지요."

"우린 어제 굉장히 바빴고 수아 씨가 있었어야 했어요. 다들 안 보고 있는 것 같지만 항상 수아 씨를 지켜보고 있답니다."

갑자기 정신이 번쩍 들었다. 쥐구멍이라도 있으면 들어가고 싶었다. 부끄럽고 미안한 마음에 고개를 들 수가 없었다.

"사실 전 그때까지만 해도 팀에서 제 역할이 크지 않다고 생각했어요. 루벤의 충고에 책임감 없이 행동한 저 자신이 어찌나 부끄럽던지…. 제가 하는 일을 과소평가해선 안 되겠구나 생각했어요. 한편으론 제가 하는 일이 작지만 그들에게 도움이 된다는 생각에 솔직히 기쁘기도 했고요. 루벤이 말을 해주지 않았으면 아마 끝까지 제가 잘못한 걸 몰랐을 수도 있었을 거예요."

듣기 좋은 소리는 아니었지만 자신을 위해 해준 말임을 알기에 루벤에게 고마운 마음이 들었다. 그 일로 다시 마음을 다잡았다. 며칠 뒤 그녀는 용기를 내 루벤의 사무실 문을 두드렸다.

"지난번엔 잘못했습니다. 앞으로 남은 기간 열심히 하겠습니다."

루벤은 '괜찮다'며 환하게 웃어주었다. 호탕한 웃음소리에 유머 감각을 지닌 루벤은 그 후에도 그녀가 난관에 부딪힐 때면 해결책을 제시해 주며 그녀를 도왔다.

패션과 스타일에 관심이 많은 사람이라면 적어도 한 번쯤은 뉴욕 거리의 패션 사진을 보며, 또는 뉴욕을 배경으로 한 드라마를 보면서 뉴요커들의 화려하고 멋진 모습에 감탄한 경험이 있을 것이다.

방수아는 한국에서도 하이힐 없이는 외출을 하지 않는 사람이었다. 유행에 뒤처지지 않기 위해 머리부터 발끝까지 완벽하게 점검한 후에야 외출했다. 처음 뉴욕에 와서도 그런 모습은 이어졌다. 하지만 실제로 뉴욕의 직장여성 중에는 정장에 운동화를 신고 다니는 경우가 많다. 이들은 출근길에 운동화를 신고 직장에서는 구두를 신어 단정한 모습을 유지한다. 우리나라 사람들이 출근길에 구두를 신고 직장에서는 편한 실내화를 신는 모습과는 사뭇 대조되는 모습이다.

"정장에 운동화 차림을 멋진 패션 스타일이라고 말하기는 어렵지만 남들 시선에 구애받지 않고 편안함과 실속을 추구하는 뉴욕 여성들의 모습이 자신감 있고 멋져 보였어요. 하지만 그들은 TPO, 다시 말해 시간(Time), 장소(Place), 상황(Occasion)에 맞는 적절하고 완벽한 패션을 선보이지요."

회사에서도 그는 간단한 세미 정장 차림부터 편안한 청바지까지 애써 공들여 꾸민 모습이 아닌 일하는 데 편하되 자신의 스타일에 맞게 옷을 입는 직원들을 자주 볼 수 있었다. 한 직원은 회사 퇴근 후 공원에서 조깅을 한다며 쫄쫄이 운동복과 러닝화로 복장을 바꾸기도 했고, 한 인도계 직원은 퇴근 후 사원(temple)에 가야 한다며 인도 전통의상인 사리를 입고 나타나기도 했다. 우리나라로 치면 퇴근 후 가족 행사가 있다고 한복 입고 출근한 것과 같다.

"자유롭고 당당한 공기로 가득 찬 뉴욕! 그래서 사람들은 뉴욕이라는 도시를 사랑하는가 봐요."

거리와 공원에서도 다정하고 유쾌한 뉴요커들을 많이 만날 수 있었다. 공원에 앉아 혼자 빵을 먹는데 "그 빵 맛있어요? 맛있게 먹네요." 하고 인사를 건네는 신사를 만나기도 했고, 산책하는 강아지를 보고 좋아하자 쓰다듬어보라고 말하는 아주머니, 듣고 있던 한국 노래에 관심을 가지며 신기해하던 남학생을 만나기도 했다. 한 번은 유모차를 끌고 길을 가던 한 여성이 일부러 말을 걸어 "치마가 정말 예쁘네요. 어디서 샀어요?" 하고 물어온 적도 있다.

그들 중에는 이후에도 계속 연락을 하며 가끔 만나 밥을 먹을 정도로 친하게 지낼 정도로 친구가 된 사람도 있었다. 불쾌하지 않게, 기분 좋게 친근하게 말을 걸어오는 사람이 있어서 뉴욕에서는 혼자 다녀도 심심하지 않았다. 길을 나설 때면 '오늘은 언제, 어디서, 어떤 사람들을 만나게 될까?' 하는 기대감과 두근거림이 늘 함께했다.

전 세계 사람들이 모이는 뉴욕은 정말 다양한 사람들을 볼 수 있는 곳이다. 모두가 같은 언어를 사용하고 단일민족 국가인 우리나라와는 달리 다양한 국적과 인종, 나이, 언어, 가치관을 갖고 있는 뉴욕에서는 종종 당황스럽거나 재미있는 상황들이 벌어진다. 뉴욕은 동성애자가 많기로 유명한 도시이기도 한데, 정말 소문대로 거리에서 날렵하고 근육질 몸매에 감각 있는 패션을 선보이는 남자들이 쌍쌍이 다니는 것을 볼 수 있다.

"우리나라에서였다면 상당한 눈총을 받았을 테지만 뉴욕은 개인주의가 강해서 딴 사람은 신경 쓰지 않는 편이라 다들 '그냥 그러려니' 해요. 아무렇지도 않은 척이 아니라, 정말 아무렇지도 않다는 모습이랄까요? 우리나라와 상당한 인식 차이가 있음을 느꼈어요."

6월 말에 펼쳐진 '동성애 행진(Gay Pride March)'은 뉴욕의 퍼레이드 중 가장 특이하고 이색적이다. 동성애자들의 대담하고 재미있는 가장행렬이 볼만하기 때문. 이 행진은 1969년 6월 28일 새벽, 그리니치 빌리지(Greenwich Village)의 동성애자 거리에 경찰들이 급습해 동성애자들을 체포해 간 사건을 계기로 시작됐다. 이에 격분한 동성애자들이 경찰에 맞서 강하게 저항했는데, 그 후 동성애자들은 자신들의 존재를 알리기 위해 세상 밖으로 당당히 나왔고, 이 사건을 계기로 매년 6월 마지막 주 일요일에 행진이 열리게 되었다.

한번은 같이 인턴으로 일하던 한국인 언니와 팔짱을 낀 채 카페에서 줄을 서서 기다리고 있을 때였다. 앞쪽에 있던 한 흑인 여성은 그 모습을 보더니 손을 살짝 흔들며 윙크를 건네는 것이었다.

"아마 같이 있던 언니와 다정히 스킨십을 하는 모습을 보고 저를 동성애자로 생각한 모양이에요. 하하하. 우리나라에서는 여자들끼리 흔히 하는 행동인데 말이에요. 태어나서 처음으로 여자에게 추파를 받으니 어떻게 해야 할지 몰라 그저 웃기만 했어요."

날씨가 좋은 날에는 직장동료인 상게타(Sangeetha)와 센트럴 파크에 가서 근사한 경치를 즐기며 여유 있게 점심을 먹기도 했다. 일을 열심히 하는 것도 중요하지만 그 일을 정말 즐겁게 하려면 쉬는 것도 확실히 해야 한다는 것이 평소의 생각이었다.

성격도 좋고 욕도 잘하는 인도계 미국인 상게타와는 무려 10살 정도 차이가 났지만 존댓말이 없는 언어 덕인지 쉽게 친구가 될 수 있었다. 특유의 입담으로 모두를 웃게 만드는, 능력 만점 직장동료 덕에 어색하고 힘들었을지도 모를 인턴 생활은 한결 즐거웠다.

박물관 입구에서 ID카드를 찍고 기념품 매장을 지나 3층으로 올라가면 디자인 부서 사무실이다. 여느 때와 마찬가지로 박물관은 항상 새로운 업무들로 넘쳐난다. 포장 디자인한 것을 출력해서 직접 모형물을 만들어 보는 것도 업무의 하나이다. 대략적인 분위기와 크기를 보기 위한 작업이었기 때문에 완벽하게 만들 필요는 없었지만 그래도 최선을 다해 정성 들여서 작업을 했다. 동료들과 상사는 모형물이지만 굉장히 보기 좋고 아름답다며 칭찬을 아끼지 않았다. 그렇게 하루하루를 지내는 사이, 어느새 디자인 부서에서 가장 오랫동안 일한 인턴이 되어 있었다.

젊어서 고생은 사서도 한다는 기쁨

뚝딱뚝딱.

못 박기는 생각처럼 쉽지 않았다. 사포질은 해본 적이 있지만 나무에 못을 박아보기는 처음이었다. 정확한 위치를 맞추기도 어렵고, 어긋난 못을 뽑기도 쉽지 않다. 한번 박은 못을 다시 뽑을 때마다 조금씩 금이 가며 부서지는 나무들까지!

'나무로 책장 짜는 일이 이렇게 어려운 줄 알았다면 좀 더 신중히 자원봉사를 결정할 걸' 하는 생각과 며칠 전 스폰서 회사에서 전화를 받았을 때가 떠올랐다.

"할렘 지역 봉사활동 지원자를 모집합니다."

주로 흑인 저소득가정 어린이가 다니는 할렘의 한 공립 초등학교에서 일요일 하루 동안만 일손을 거들면 된다는 말에 뉴욕에서 인턴으로 일하는 동료 10여 명과 함께 기쁘게 봉사에 나섰건만 일은 생각처럼 수월하지 않았다. 오전 9시, 초등학생 아이들의 감사 공연을 관람하고 이들이 첫 번째로 맡은 일은 책장 만들기였다. 공휴일임에도 강당은 이들처럼 봉사를 하기 위해 휴일을 반납한 수백 명의 자원봉사자로 가득 메워졌다.

"쉬는 날 그렇게 많은 뉴욕의 직장인과 학생, 유학생들이 봉사를 위해 나섰다는 사실에 깜짝 놀랐어요. 사실 전 봉사를 그렇게 많이 하는 편은 아니었거든요."

중고등학생 시절에는 주로 봉사활동 점수를 채우기 위해 보건소에서의 서류 정리 등 소위 '날로 먹는' 봉사를 하기는 했다. 대학생이 되어서는 태안 기름 유출 사고 때 기름 제거 작업에 딱 한 번 동참한 것을 제외하고는 봉사활동이라곤 해본 적 없었다.

다른 사람들이 못질하는 것을 볼 때는 쉬워만 보였는데, 직접 해보니 못질부터가 생각보다 어려웠다. 몇 시간을 동료들과 나무를 붙들고 낑낑거린 끝에 드디어 아이들을 위한 책장이 완성됐다. 하지만 다 만들고 보니 조금 흔들리기도 하고 책장이 살짝 기울어져서 좀 엉성해 아쉬움이 남기도 했다.

'아이들이 너무 엉망이라고 실망하진 않을까? 그래도 우리 성의와 노력은 알아줄 거야.'

그렇지만 그날 봉사활동은 아직 끝이 아니었다. 오후에 주어진 일은 학교 담에 그림을 그리는 일. 밖에는 이미 여러 가지 색깔의 페인트통이 준비되어 있었고, 비가 왔던 아침 날씨와는 달리 페인트가 마르기에 딱 좋은 뜨거운 햇볕이 내리쬐었다.

하얀 벽에 연필로 그려진 밑그림을 따라 어린 시절 색칠공부 하듯 색색이 페인트를 칠하는 일은 못질보다 훨씬 쉽게 보였다. 이래 뵈도 디자이너 아닌가. 하지만 이 역시 간단한 작업은 아니었다. 가장 얇다는 페인트 붓도 꽤 두꺼워 섬세하게 칠하려면 고도의 집중력을 요했고, 하얀 벽에 반사된 햇빛은 너무나 눈이 부셨다.

'무슨 일이든 보기엔 간단해 보여도 막상 해 보면 쉬운 일이 하나도 없구나.'

한참을 벽과 씨름을 한 끝에 완성된 담벼락에는 새들이 하늘을 향해 날아가고, 사람과 사람이 손을 맞잡고 있었다. 하얗기만 하던 벽이 재미있게 바뀌어서 아이들이 정말 좋아할 것 같았다. 팔, 다리 안 아픈 곳이 없었지만 완성된 그림을 보며 뿌듯해하는 사이, 학교 측에서 간식을 나눠줬다.

"언니, 오빠 안녕하세요?", "우리 학교에 와줘서 고마워요."

간식이 담긴 종이 주머니에는 아이들이 크레파스로 삐뚤빼뚤 써놓은 글과 그림들로 가득했다. 자원봉사자들을 위해 아이들이 직접 꾸민 것이다.

"감동적이었어요. '아, 이런 맛에 봉사를 하는구나' 하고 처음 느꼈죠. 아마도 이날 간식을 일반 비닐봉지에 담아줬다면 그런 기분을 느끼지 못했을 거예요."

뉴욕이 아닌 다른 곳에서도 할 수 있는 봉사활동이었지만 뉴욕이었기에 더 특별했던 체험이었다.

특별한 체험은 연극무대로 이어졌다. 우연히 알게 된 한인 연출가의 부탁을 받고 친한 언니들과 함께 연극 준비를 돕게 된 것이다. 미국에 사는 한인들에게 우리말로 된 연극을 관람할 수 있는 기회를 주자는 것이 무대의 취지였다. 준비한 연극은 한국에서도 선풍적 인기를 끌었던 '리타 길들이기'였다.

"저는 무대미술을 맡았어요. 평소 학교에서 친구가 하던 연극 동아리 공연을 잘 챙겨 보기는 했지만, 무대미술은 생소한 분야였어요. 사실 그동안 무대미술에 대해서는 생각해 본 적도 없었고요."

우선 인터넷으로 여러 가지 무대미술에 대한 자료를 찾아보면서 비로소 무대미술가라는 직업이 있다는 것도 알았다. 작은 소극장 무대부터 대형무대, 야외무대에 이르기까지 무대미술의 범위는 넓고 다양했다. 또 단순히 아름다움뿐만 아니라 배우들의 동선과 관객들의 시선까지 여러 가지를 고려해야 했다.

다른 이들은 조연출과 포스터 디자인 등을 맡았는데 어느 것 하나 쉬운 일은 없었다. 낮에는 인턴 일을 하고 밤에는 늦게까지 함께 모여 연극 준비를 하는 것이 힘들었지만 준비가 진행되면 될수록 성공적인 연극에 대한 기대감도 높아져만 갔다.

"연극에 대해 많은 것을 배울 수 있었어요. 준비 시간이 충분하지 않아 과연 연극을 무대에 올릴 수 있을지 계속 의문이 들기도 했지만 우리는 결국 해냈고 관객들도 매우 흡족해하는 분위기였어요."

처음에는 해보지 않은 일이라 도전하지 않으려고도 했지만, 결국 도전했고 기대했던 것보다 더 많은 것을 배우고 느낄 수 있었다.

"그래서 젊어서 고생은 사서도 한다나 봐요. 처음에는 내가 왜 이

고생을 하나 투덜거리다가도 훗날 모든 일에는 내가 그 일을 해야 했던 이유가 있다는 것을 깨닫게 되거든요. 전 봉사활동을 통해 남에게 기쁨을 줄 때 나도 행복을 느끼게 된다는 것을 새삼 깨달을 수 있었어요."

어려움은 있었지만 모두 극복할 수 있는 것들이었다

일주일의 반을 인턴으로 일한 또 다른 회사는 자갓 서베이(ZAGAT Survey)였다. 자갓 서베이는 레스토랑의 맛과 서비스, 인테리어 세 가지 항목을 일반인을 대상으로 설문조사해 평가한 뒤 가이드 책을 발행하는 회사다. 미국에서 제일 권위 있는 레스토랑 관련 회사 중 하나이지만 아직 우리나라에는 많이 알려져 있지 않다. 이곳에서 맡은 일은 주로 배너 제작이었다. 항상 일이 많아 어떨 때는 밥도 먹지 못하고 일에 매달려야만 했다.

"새로 오신 분이십니까?"

하루는 엘리베이터에서 키가 크고 배가 불뚝 나온 정장 차림의 한 남자가 말을 걸었다.

"네, 인턴으로 왔습니다."

그 대답에 남자는 "열심히 일하세요. 많이 배우시고!" 하고 환하게 웃으며 엘리베이터에서 내렸다. 알고 보니 그 사람이 자갓 서베이 회장 탐 자갓이었다.

"홈페이지를 대대적으로 바꿀 건데, 수아 씨 의견은 어때요?"

1주일에 2번 팀끼리 모여 회의를 할 때면 선임 디자이너들은 인턴인 방수아에게도 빠짐없이 질문을 했다. 팀원끼리 돌아가며 각자 그날 맡은 일이 무엇인지 확인할 때도 마찬가지다. 한 사람에게 너무 많은 일이 몰렸으면 일을 분담하는 매니저가 조정을 한다.

사소해 보이는 배너 하나를 만드는 데에도 그림과 글씨를 어디에 어떻게 배열하는지에 따라 많은 것이 달라졌다. 스스로 잘 만든 디자인이라 생각하고 자신 있게 상사에게 제출해도, 노련한 상사의 '매의 눈'을 피해 갈 수는 없었다.

"처음에는 정말이지 너무나도 서툴러서 작은 배너 하나에도 항상 지적을 받기 일쑤였어요. 하지만 그 지적을 통해 그들의 노하우를 배울 수 있었어요. 피드백을 받지 않고 제가 제작한 것을 바로 썼다면 아마 결코 배울 수 없었을 것들을요. 디자인을 안 해본 사람은 뭔가 이상해도 어떻게 고쳐야 할지 잘 모르는데 전문가들의 조언대로 고치면 확실히 더 좋아지는 것을 느낄 수 있었어요."

잘 하면 티가 안 나도 못 하면 티가 나는 것은 작은 배너 하나에서도 마찬가지이다. 선임 디자이너는 홈페이지 이용자의 시선을 더 배려하고, 이목을 끄는 동시에 조화로움이 느껴지는 디자인을 만들어 냈다.

　자갓 서베이에서는 웹디자인에 관한 책을 한 권 선물로 주고 1주일에 한 과씩 공부해 에세이를 써오는 과제를 내주기도 했다. 영어가 어려웠지만 스스로 읽고, 쓰고 공부해야 하는 에세이 과제가 많아 공부가 된 것은 사실이다.

"인터뷰 때 웹디자인을 해본 적 없다고 했는데도 저를 채용하고 공부까지 시켜주니까 참 좋았어요. 영어가 어려웠지만 에세이 과제로 공부도 하고 일도 제대로 배웠거든요. 우리나라에도 그런 회사가 있으면 좋겠다는 생각이 들었어요."

　시간이 점점 지나면서 일에 익숙해지고 또 나름대로 노하우가 생기면서 지적을 받는 횟수가 점점 줄어들었다. 회사 홈페이지에서 직접 만든 배너가 뜨는 모습을 보고 보람을 느끼는 것은 물론이었다.

　매주 화요일 열리는 팀 미팅 시간. 각자 그 주에 자신이 맡은 프로젝트와 진행 상황 등을 보고한 후 피드백을 받고 또 앞으로 진행할 프로젝트에 대해 다 같이 의논하는 시간이다.

"수아 씨, 주어진 일을 다 마쳤다고 그냥 가만히 있지 말고, 나에게

나 다른 직장동료에게 할 수 있는 다른 일이 있나 물어보는 건 어때요? 물론 자기 일을 마치면 그 자체로는 아무런 문제가 없지만, 나는 수아 씨가 좀 더 능동적으로 회사 생활을 했으면 좋겠어요."

어느 날, 상사 리안(Ryan)이 말했다. 이곳에서 얼마나 많은 것을 느끼고 배우는지는 자신에게 달렸다며 더 적극적으로 일을 열심히 한다면, 더 많은 기회가 생기고 지금 하는 일보다 더 중요한 일을 맡아서 할 수도 있을 거라는 말이었다.

"아주 당연한 얘기인데, 마치 망치로 한 대 맞은 것처럼 큰 충격을 받았어요. 솔직히 그 동안 전 제게 주어진 일만 다 끝내면 그걸로 그만이라고 당연하게 생각했거든요. 뒤늦게 '왜 그런 생각을 하지 못했나, 나 자신을 더 보여주고 더 많은 것을 배울 수 있는 기회였는데' 하는 생각이 들었어요."

그런 말을 해준 상사가 너무나도 고마웠다. 다른 사람들 같았으면 아무런 충고나 조언도 해 주지 않고 그냥 지나칠 수 있었을 텐데 진심으로 걱정해주고 신경 써주는 배려가 느껴져 왠지 가슴이 뭉클하기까지 했다.

"여태껏 차려놓은 밥상 위에 놓인 밥만 먹을 줄 아는 어린아이였다면 이제는 냉장고 문을 열어 스스로 요리를 해먹는 어른이 된 기분이었어요. 수동적으로 자신에게 주어진 것만 받아먹는 사람은 비록 성장은 할 수 있을지언정 결코 남들보다 앞서 나갈 수는 없잖아요. 능동적으로 내 것을 찾아서 먹을 줄 아는 사람이 진정한 의미의 발전을 하는 사람이 아닐까요? 똑같은 상황에서 남들보다 더 많은 것을 얻고 배우는 사람들에게는 항상 이유가 있는 법이니까요."

푹푹 찌는 7월의 무더운 여름 날씨는 뉴욕도 마찬가지이다. 뜨거운 햇살 아래 거리에는 가벼운 옷차림의 사람들이 스쳐 지나가고, 그늘 아래 노천카페에는 햇살을 피해 한가로운 브런치를 즐기는 사람들의 모습을 볼 수 있다. 아이들은 분수 안에 퐁당 들어가서 신나게 물놀이를 즐기고 부모들은 사랑이 가득 담긴 미소로 아이들의 사진을 찍어주느라 정신이 없다. 센트럴 파크는 비키니를 입은 채 태닝을 즐기는 젊은 남녀들로 가득 차 있고 다들 즐거운 여름날을 만끽하는 모습들이다.

영화 '어거스트 러시'를 본 사람이라면 다들 떠올릴 수 있는 장면이 있다. 어거스트가 센트럴 파크에서 지휘하는 모습이다. 한번은 그 센트럴 파크 무대에서 뉴욕 필하모니 오게스트라의 공연이 열렸다. 격식을 갖추고 의자에 바르게 앉아 관람하는 공연이 아닌, 잔디밭에 편하게 앉거나 누워 간식을 먹고 친구들과 가볍게 이야기를 주고받으며 자유롭게 음악을 감상하는 모습은 아주 인상적이었다.

"진정 '귀'로 공연을 즐기는 기분이었어요. 공연장이 너무 넓어 무대가 잘 보이지 않기도 했지만 뉴욕이라는 큰 도시 가운데 센트럴파크 잔디밭에 앉아 밤하늘을 바라보며 최고의 오케스트라 공연을 감상할 수 있었던, 정말 평화롭고 행복한 시간이었어요!"

정식 공연이 아니더라도 뉴욕에서는 길거리 아티스트들의 멋진 춤과 노래 공연이 끊임없이 펼쳐진다. 흥에 겨워 춤을 추는 사람들과 사진을 찍는 사람들, 모금통에 지폐를 넣어주고 가는 사람들 모두가 자유롭고 음악이 흐르는 맨해튼에 흠뻑 취해 있었다. 그녀는 그렇게 또다시, 저항할 새도 없이 뉴욕과 사랑에 빠지고 말았다.

시간은 빨리도 흘렀다. 출근길에는 선선한 바람이 불고, 여름내 파랗기만 하던 센트럴파크의 나무들도 어느새 울긋불긋 물이 들 준비를 했다. 어느덧 뉴욕에 온 지 1년, 인턴을 시작한 지도 6개월이 되었다. 난생 처음 인턴 생활을, 그것도 세계 중심 도시인 뉴욕에서 하면서 즐겁기도 하고, 때론 지겹고 힘든 순간도 있었지만 그만큼 배운 점도 많았다.

일이 진행되어가는 과정을 배우고 경험하며 자신감이 늘었고, 직장인으로서 책임감과 근면함도 배웠다. 어리다거나 인턴이라는 이유로 하대하지 않고 동등한 직장동료로 바라보고 대하는 직장문화는 마음을 사로잡았다.

"우리나라는 회식도 많고 술도 많이 먹이잖아요. 사람들 사이의 관계가 밀착되면 장점도 있지만 사적인 감정이 공적인 일에 영향을 끼치는 등 단점도 많은 것 같아요. 하지만 뉴욕에서는 서로 불쾌하지 않을 정도로 가까운 사이로 지내며 일적으로 깔끔하게 지내서 마음에 들었어요."

실제로 한인 기업에서 인턴으로 일한 이들 중에는 업무 중 잔심부름, 업무 후 잦은 회식 등으로 고충을 털어놓는 이들이 종종 있었다.

그야말로 잠깐인 것 같았는데 어느새 자갓 서베이에서의 마지막 출근날을 맞게 되었다. 이른 아침, 빌딩에 들어설 때마다 반갑게 인사하던 경비원 아저씨도, 3층에서 멈추던 엘리베이터도, 일찌감치 사무실에 도착해 열심히 일하고 있던 동료 직원들도 모두 마지막이라고 생각하니 아쉬움이 밀려왔다. 마지막 날까지 주어진 업무를 마친 후 팀원들과 함께 회사 근처 중국집에서 식사를 했다. 팀원들이 그의 송별자리를 마련해 준 것이다.

"직원들과 작별 인사를 하는데 모두 제게 '그동안 도와주어서 고맙다'는 거예요. 저는 저 자신이 아무 것도 모르고 그저 배우느라 바쁘기만 한 풋내기 인턴이었을 뿐이라고 생각했는데, 잘 했다며, 고맙다며, 많은 도움이 되었다고 말해주는 그들을 보자 오히려 제가 고마운 마음이 들더라고요."

집으로 돌아와 회사 홈페이지(www.zagat.com)에 들어가 그동안의 작업물들을 쭉 살펴봤다.

"헤어지고 떠난다는 것은 누구에게나 아쉽고 슬픈 법인가 봐요. 크고 작은 일들이 많았던 그 긴 시간 동안, 전 소중하고 특별한 것을 많이 보고, 느끼고, 배웠어요. 항상 좋지만은 않았지만, 모든 것에서 배우겠다는 자세를 잊지 않겠단 다짐만큼, 제 모든 경험은 제 안에 나름의 교훈들로 자리잡고 있답니다. 아직은 제가 전보다 더 성장했는지, 아니면 아직 제자리에 머물러 있는지 확실히 알 수 없지만, 이 모든 것이 언젠가는 제게 귀한 자양분이 될 것이라 믿어요."

한국으로 돌아가기 위해 짐을 싸면서 온갖 생각과 기억이 머릿속을 스쳐 갔다.

'그동안 정말 많은 일이 있었구나.'

1년을 조금 넘게 살았을 뿐인데 뉴욕에서의 삶이 많이 익숙해졌기 때문일까? 뉴욕을 떠난다는 게 실감이 나지 않았다. 힘들게 일했던 기억과 유쾌한 직장 동료들, 출퇴근길의 즐겁고 아름다웠던 풍경을 생각하니 마음이 뭉클해졌다.

인턴을 끝낸 후 약 2주 동안은 그동안 다니지 못했던 맛있는 음식점도 찾아다니고 맨해튼을 나와 롱아일랜드의 해변으로 놀러 가기도 했다. 뉴욕의 롱아일랜드는 아름다운 해변과 경치로 유명하다.

특히, 롱아일랜드의 제일 끝자락에 있는 몬탁(Montauk) 해변 특유의 고즈넉하고 차분한 분위기는 특히 매력적이었다.

여행보다 쇼핑을 하는 게 어떠냐는 사람들도 있었지만, 따지고 보면 쇼핑은 어느 나라에서나 할 수 있는 게 아닌가. 사람들로 북적대는 곳보다는 한적한 곳에서 바람도 쐬고 느긋하게 시간을 보내며 휴식을 취하고 싶었다.

뮤지컬 〈시카고〉를 관람하기도 했는데 관람료가 비싸다고 하지만 조금만 발품을 팔면 저렴하게 표를 구입할 수 있는 기회가 얼마든지 있었다.

그런데 뉴욕을 떠나기 전, 해야 할 숙제가 있었다. 이제까지 살던 방에 새로 들어올 입주자를 날짜에 맞춰 구해야 하는 것이다. 살던 방은 위치가 아주 좋아서 연락을 하는 사람들이 많았다. 하지만 무슨 일인지 정작 집을 보러 오는 사람들은 몇 명 되지 않았다.

"적어도 출국 날짜 전에는 집이 나가야 하는데, 보러 오는 사람은 적고, 여러 가지 이유로 집을 보고 난 후에도 연락이 없어 애가 탔어요."

다행히 날짜가 맞는 사람을 찾아 무사히 계약을 마치고 나서야 한숨을 돌릴 수 있었다. 짐 싸기도 일이었다. 짐을 줄이기 위해서 변압기처럼 무거운 물건은 한인 커뮤니티 사이트를 이용해 팔아버렸다.

"물건들을 정리하고 짐을 얼추 싸고 나니 방 안이 휑한 것이 어찌나 마음이 이상하던지…. '오늘이 이 방에서 보내는 마지막 날이구나….' 하는 생각에 눈물이 날 것만 같았어요."

뉴욕에서의 생활이 항상 좋지만은 않았다. 그러나 상상도 하지 못한 수많은 일이 자신을 성숙하게 만들었음은 부인할 수 없다.

"어려움도 있었지만 모두 제가 극복할 수 있었던 것들이었어요. 많이 생각하고 고민할 수 있는 시간이었습니다. 처음엔 나쁜 일이라고 생각했지만 결국엔 더 좋은 일로 발전하는 경우도 많았고요. 제가 뉴욕에서 얻은 것은 비단 영어 실력과 인턴 경력만은 아닙니다."

사람들이 어디서 무슨 일을 하든 비슷한 고민을 안고 살아간다는 것을 배울 수 있었다.

"뉴욕이라는 곳에서 조금은 색다른 경험들을 하며 제가 생각한 것은 '나 자신, 그리고 내 삶을 능동적으로 살고 사랑하자'는 것입니다. 어떻게 보면 보편적이고 특별할 것 없는 교훈이지요. 너무 남들의 말에 휘둘릴 필요도 없고, 그렇다고 자신만의 의견을 지나칠 정도로 확고하게 고집할 필요도 없죠. 지나치게 먼 미래의 모습에만 매달려 살기보다는, 현재의 내 상황과 모습에서 즐거움을 느끼고 행복을 느끼는 것이 결국에는 행복한 삶을 만드는 것 같아요."

꿈, 브랜드 '수아'

"나 자신을 브랜드로 만드는 게 꿈이에요!"

뉴욕 생활을 시작하면서 그는 무엇을 하든 간에 자신의 이름으로
된 브랜드를 만드는 것을 꿈꿔왔다. 구체적으로 어떤 제품을 만들지
는 생각하지 못했지만 언젠가는 자신이 의도하지 않은 방식으로 일
이 잘 풀릴 것이란 믿음이 있다.

"바비 브라운은 원래 메이크업 아티스트였어요. 각자에게 어울리
는 자연스러운 화장을 해주고 싶은데 그런 색을 찾기 어려워 아쉬움
을 느끼다 자신의 이름으로 된 회사를 만들게 됐죠. 유명한 화장품
상표인 에스티 로더 역시 자신의 이름으로 만든 브랜드이고요. 같은
여자라서 더 공감이 되는 것 같아요."

커다란 꿈 이면엔 소박한 꿈도 있다. 바로 가족과의 행복한 삶이

다. 그녀는 뉴욕에 다녀왔기에 새삼 깨닫게 된 가족의 소중함도 잊고 싶지 않다고 말한다.

"성공도 중요하지만 가장 중요한 건 사람이에요. 그중에서 가장 중요한 건 가족이고요."

가족의 소중함 이외에 인턴 생활에서 얻은 것이 무엇이냐고 질문하면 어떻게 대답할 수 있을까?

"경쟁적인 분위기보다는 서로 이끌어 주는 미국의 조직문화를 직접 체험할 수 있었던 것이 가장 큰 소득이라고 생각해요. 서로 협력하고 피드백을 통해 도움을 주고받는 것이 가장 인상적이었어요."

무엇보다 그는 해외 인턴 생활을 하며 세계라는 더 큰 무대를 꿈꾸게 됐다. 짧은 시간이었지만 세계라는 무대가 도전해볼 만하다는 자신감이 생겼다.

"사람 일이 뜻대로 되는 게 없다더라고요. 내가 의도하지 않은 쪽으로 일이 진행됐지만, 뜻하지 않게 잘 되는 경우가 있어요. 인턴도 의도하지 않았지만 잘 풀린 것처럼요. 그래서 희망만은 놓지 말아야겠다는 생각을 하곤 해요."

사실 사람들은 부정적이기가 더 쉽다. 걱정한다고 될 일이 아니라는 것을 알면서도. 그래서 매사에 좋은 쪽만 바라보려고 노력해야 한다.

그렇다면 해외 인턴 경험자로서 하고 싶은 조언은 무엇일까?

"인턴 경험도 중요하지만 그 나라의 문화와 관습을 존중하고 적극적으로 받아들이는 것이 우선입니다. 그래야 그 나라 사람들과 좋은 관계를 맺을 수 있고, 더 많은 것을 얻을 기회가 열릴 테니까요. 일이 능숙하지 못한 인턴임은 인정하되 일을 할 때는 그곳의 정식 직원처럼 회사에 애착을 갖고 일한다면 분명 많은 것을 얻을 수 있을 거예요."

2010년 10월 귀국한 방수아는 2011년, 3학년 2학기 복학을 앞두고 있다. 앞으로 만날 밤새울 생각을 하니 두렵기도 하지만 '혼자 뉴욕에도 다녀왔는데!' 하고 생각하면 자신감이 생긴다고 한다.

지금 방수아는 새 학기를 앞두고 서울의 한 학원에서 일러스트를 배우면서 한편으로는 일요일마다 집이 있는 경기도 의왕시의 한 성당에서 초등부 주일학교 교사로 봉사도 한다. 유치원생과 초등학교 1학년 담임으로 아이들과 함께 웃고 울다 보면 어느새 일주일이 지나간다. 말도 잘 듣지 않고 말썽꾸러기인 아이들이지만 너무 예뻐 봉사를 그만둘 생각은 없다고 한다.

자신도 아직 어리고 부족한 점 많은 학생이지만 또래 청년들에게 하고 싶은 말이 있다고 했다.

　"항상 즐겁게 꿈을 그리며 살자는 것입니다. 우리는 아직 젊고, 우리 모두 마음속에 소중히 그리고 있는 꿈이 있으니까요! 여러분의 인생에도 즐거운 꿈으로 가득하길 바랍니다!"

박지현

긍정은
도전을 응원한다

국가브랜드위원회
코리아브랜드 커뮤니케이터

Profile

국가브랜드위원회
코리아브랜드 커뮤니케이터

출생	1988년
	대전
학력	한영외국어고등학교 졸업
	하버드대학교 재학 중
주요경력	G20 미디어센터 운영과 매니저 요원
	국가브랜드위원회 코리아브랜드 커뮤니케이터
취미	블로깅, 음악감상
좌우명이나 좋아하는 말	
	하면 된다

● 긍정이 있었다 ● 꽂히면 보이는 게 없었다 ● 하버드, 세계의 대학에 도전하다 ● 현실에의 도전, G20 정상회의 ● 세상에 나갈 시간, 꿈의 길목에서 ● 친구에게 건네는 조언, 미리 포기하지 말자

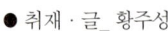
● 취재 · 글_ 황주성

긍정이 있었다

도전은 언제나 새롭다. 겪어본 일은 도전이 될 수 없다. 처음 걷는 길. 얼마나 험난할지, 누구도 알 수 없다. 많은 이들이 도전에 설레하지만 이내 머뭇거리게 되는 이유다. 때문에 도전에는 철저한 준비가 따른다. 노련한 베테랑의 도진도 크게 다를 바 없다. 먼 길을 나설 때처럼, 필요한 것들을 충분히 준비해야 한다. 혹시나 하는 상황에도 대비할 수 있도록 계획 또한 꼼꼼히 살펴야 한다. 하지만 모든 준비가 되어있다고 해도, 무엇보다 중요한 것은 역시 마음가짐이다.

'내가 해낼 수 있을까?', '실패하지는 않을까?'

도전 앞에서 자신에게 던지게 되는 수많은 의구심들. 철저하게 세워진 준비와 계획 앞에서도 마음은 끊임없이 불안을 만들어낸다. 불안을 견디지 못한 이들에게는 도전 대신 무기력감이 찾아온다.

'난 여기까지야', '안 될 거야'

충분히 가능한 일들도 쉽지 않도록 만드는 의심과 부정은 도전 앞에 설레여야 할 이들의 힘을 쪼옥 빼놓기 십상이다. 그래서 '긍정'이 중요하다. '할 수 있을까'가 아닌, '할 수 있다'고 다짐하도록 만드는 긍정. 도전 끝에 혹시 실패하더라도 그 과정을 성장을 위한 내용으로 받아들일 수 있는 긍정. 그리고 다시 일어서게 만드는 긍정. 그 앞에서는 실패한 도전일지라도 충분한 의미를 부여받는다.

한 청춘이 있다. 지금보다 한걸음 더 나아가고 싶어 세계의 문을 두드렸다. 뛰어난 것은 딱히 없었다. 하지만 그 청춘의 곁에는 항상 '긍정'이 있었다. 긍정은 청춘의 도전을 응원했다. 모두가 무모하다고 생각했지만, 끊임없이 꿈을 그렸다. 결국, 세계를 향한 첫발을 무사히 내디뎠다. 그리고 또 다른 도전을 준비 중이다. 하버드 대학교에 재학중인 박지현이 그 주인공이다.

1636년 설립되어 근 400년의 역사를 가진 하버드 대학교는 컬럼비아, 예일, 프린스턴 등이 포함되어 있는 미국 동부 8개 명문 그룹인 아이비리그에서도 손꼽히는 학교다. 미국인뿐만 아니라 전 세계가 주목하는, 세계 유수의 인재가 모이는 학교이기도 하다. 다수의 졸업생들 또한 세계에서 인정받고 있다.

수많은 정계, 재계의 유명 인사들이 하버드를 거쳐 세계의 리더로 자리매김했다. 버락 오바마(Barack Obama) 미국 대통령, 반기문

UN 사무총장을 비롯, 근래 화제가 되고 있는 페이스북(Facebook)의 창업주인 마크 주커버크(Mark Zuckerberg) 역시 하버드 출신이다.

하버드는 그 명성만큼이나 발 디디기 쉽지 않은 곳이다. 지원자들의 가능성을 무엇보다 중요하게 여기는 학교이기에 뛰어난 성적 하나만으로는 입학이 쉽지 않다. 성적으로 증명되지 않는 능력이나 경험 등의 성취가 입학 평가에 반영되기 때문이다.

박지현은 2007년 이곳에 입학, 지금은 3학년 과정을 마치고 휴학 중이다. 잠깐의 시간을 제외하고는 한국에서 스무 해를 살아온 그녀는 어떻게 하버드에 들어가게 됐을까?

꽂히면 보이는 게 없었다

"어린 시절, 천방지축이였대요. 요란하기도 했던 것 같고⋯. 자세한 기억은 안 나지만 어릴적 기억들을 되돌아보면, '왜 했지?' 하는 생각이 들어요. 좀 엉뚱했던 것 같아요."

어릴 적 조금은 특이한 아이였다. 여자애다운 조신함은 없었다. 오히려 천방지축과 요란함이 기본이었다. 덧붙여 엉뚱하기도 했다.

꼬마가 뭘 아느냐는 취급을 받던 유치원 시절, '코스모스 따러 가자'며 몇몇 친구들을 꼬드겼다. 선생님께는 '화장실에 다녀오겠다'는 핑계를 대고서는 교실을 나서 화장실이 아닌, 코스모스 피는 가을 동산으로 향했다.

왜 코스모스였는지, 따서 무엇을 했는지 떠오르지도 않는 희미한 기억이지만, 한 가지 확실한 것은 엄청나게 혼났던 것 같다고. 공부가 싫었던지, 코스모스가 너무나 좋았던지…, 오로지 여섯 살 시절의 본인만 알겠지만, 그녀는 이 외에도 밝히기는 쑥스러운 이런저런 귀여운 일(?)들을 저지르며 어린 시절을 보냈다. 이런 독특한 딸 앞에 부모님은 엄하셨다. 하지만 바탕은 사랑이었다. 덕분에 특이하기는 했지만 큰 어긋남 없이 자랐다.

엉뚱한 아이였지만 큰 사고를 벌이지는 않았다. 여느 아이들처럼 순조롭게 부모님이 계신 대전에서 초등학교, 중학교를 다녔다. 하지만 중학교를 졸업할 무렵의 어느 날, 부모님과 떨어져 나갈 결정을 스스로 내렸다. 이유는 하나. 서울에 있는 외국어고등학교에 너무나 가고 싶었다. 요즘 말로 필(Feel)이 꽂힌 것이다.

"제가 원래 꽂히면 보이는 게 없어요. (웃음) 그 학교의 이야기를 듣고 나니, 꼭 가야겠다는 생각이 들었어요."

부푼 마음은 줄어들 줄 몰랐다. 가고 싶은 마음은 굴뚝같았지만, 문제는 현실이었다. 준비도 없었고, 더군다나 가고 싶은 학교는 대전이 아닌 서울이었다. 서울에는 딱히 연고도 없었다. 고등학교 생활 3년 동안 혼자 살아야 한다는 것, 이는 생각보다 큰 문제였다. 공부만으로도 하루하루가 벅차다는 고등학교 생활, 모든 집안일까지 감내해야 했지만, 그 어느 곳보다 서울의 외국어고등학교가 가고 싶었다. 원하는 공부를 할 수 있다는 생각 때문이었다.

"친한 언니가 그곳에 다녔어요. 언니를 통해서 유학반 생활을 들으니, 생생한 공부를 할 수 있겠다는 생각이 들었죠. 그런 공부가 하고 싶었어요. 물론 들은 것과는 다를 수도 있겠지만 정말이라면 한번 해볼 만한 도전이라고 생각했어요. 말 그대로가 아니라도 충분히 얻을만한 것이 있을 거라고요."

잘 될 것이라고 그냥 믿었던 자신과는 달리 딸의 난데없는 결심에 누구보다 놀랐던 것은, 또한 바빠졌던 것은 부모 쪽이었다. 아직 어린 딸을 별다른 준비도 없이 서울로 보내야 한다는 사실에 반대가 앞서는 것은 당연지사. 하지만 어린 시절부터 마음먹은 일에 최선을 다하고, 꼭 이뤄내는 딸의 모습을 알기에 이내 도전을 응원하는 쪽으로 돌아섰다.

'꼭 가고 싶다'는 바람이 전해졌는지, 다행히도 입학은 순조로웠다. 그렇게 서울에서의 유학생활이 시작됐다. 십여 년간 살아온 공간이 아닌, 낯선 공간에서 살아야 한다는 것이 막막하기도 했지만 그래도 즐거웠다. 하고 싶은 공부와 함께였기 때문이다.

"수업은 기대 이상이었어요. 유학반 공부는 지금까지 경험했던 수업들과는 상당히 다른 방식으로 진행됐거든요. 단순 암기도 있긴 했지만, 그보다는 학생들에게서 '끌어내기'를 중요하게 여기는 수업이었어요. 가령, 어떤 책을 읽고 나서는 서로의 느낌을 공유하며 함께 토론하는 식이었죠. 정말 재미있었어요."

또한 학교는 모든 과목을 잘 해야 한다고 강요하지 않았다. 국어, 영어, 수학, 과학 등을 모두 잘 해야 한다고 강요하는 그간의 학교들과는 달랐다.

"저는 사실 다른 과목에 비해 수학을 잘 하지 못했어요. 그런데 그게 전부가 아니더라고요. 학교는 이런 저에게 부족한 과목에 대한 선택을 제안했어요. '네가 그것을 잘 할 수 있다고 생각하면 높은 수준의 과정을 듣고, 아님 낮은 수준의 과정을 들어라. 기준은 네 페이스다'라고요."

남들과 비교해 자신의 수준을 결정하는 것이 아닌, 자신의 실력을 기준으로 삼는 방식은 공부를 즐길 수 있도록 해 주었다.

낯선 공간은 또 다른 경험을 불렀다. 자신을 아는 사람이 없기에 모든 행동에 조금은 과감해질 수 있었다. 어찌 보면 일탈이었다. 그런데 일탈이라고 하기에는 약간은 귀여운, 독특한 일탈이었다.

"고등학생 시절, 친구들은 통학버스를 타고 등하교를 했어요. 그런데 저는 그런 게 없었죠. 자취를 하다 보니, 집이 가까웠으니깐요. 왠지 심심했어요. 별 거 아니지만 버스 타고 다니는 친구들이 부럽기도 하고. (웃음) 그래서 롤러 블레이드를 탔죠. 교복에."

롤러블레이드를 타고 학교에 오가는 고등학생이 서울 시내, 아니 대한민국에 몇이나 될까? 더군다나 여학생이 말이다. 흔치 않은 풍경을 만들어내며, 책가방을 매고 조그만 바퀴 여럿을 굴려가며 며칠 동안 집과 학교를 오갔다. 그런데 어느 날, 교내 방송으로 지시사항이 떨어졌단다.

"학생주임 선생님이 어느 닐 점잖게 방송을 하시더라구요. '요즘 롤러블레이드를 타고 등교하는 학생이 있는데 내일부터는 그러지 말'고요. 점점 더 재미있어지려 하던 참이었는데…. 아쉬웠긴 했지만 순순히 접었죠." (웃음)

그렇게 학교를 다녔다. 새로운 배움들이 쏟아지는 수업시간은 난생 처음 접해보는 신세계와 같았고 일상에서는 스스로 소소한 즐거움을 만들어갔다. 학교생활을 하며 한 가지 더 '꽂힌 것'이 있었다. 웅변, 말하기, 토론 등, 주변에 있는 수많은 대회들이었다. 대회는 자신을 시험하기 위한, 새로운 도전을 위한 과정이었다.

"다양한 분야의 대회가 많더라고요. 흥미를 갖고 여러 대회에 나갔어요. 자신 있는 것도 있었고, 그렇지 않은 것도 있었어요. 대부분 처음에는 잘 하지 못했죠. 나가면 떨어지고, 나가면 떨어지고…, 탈락의 연속이었지만 그래도 '언젠가는 되겠지' 하는 마음으로 나갔어요."

그간의 노력을 생각하면 참가상, 장려상이라도 한번쯤 받아볼 만했지만, 수상은 생각보다 쉽지 않았다. 한 번, 두 번, 세 번…. 대회 참가 횟수와 고배를 마시는 횟수는 정확히 비례했다. 그러던 어느 날, 터닝포인트가 찾아왔다. 구성원 각자가 역할을 맡아 논리적인 판결을 이끌어가는 모의법정 대회가 그 시작이었다.

"친구들과 처음 꾸렸던 팀에서는 제가 변호사 역할을 맡았어요. 나름 비중 있는 역할이었지만 처절한 실패를 맛봤죠. 감동도 없었고, 재미도 없었고…. 나중에는 같은 처지의 친구들끼리 모여 새 팀을

짰죠. '패배자 팀'이라고나 할까. (웃음) 그 팀에서는 증인 역할을 맡았어요. 그런데 놀랍게도, 모두의 호흡이 장난이 아닌 거예요. 쩍쩍 달라붙는다고나 할까? 대회에 나가자 완전 히트를 쳤어요. 완벽했죠."

일명 '패배자 팀'은 놀랍게도 수상의 영예를 안게 된다. 게다가 자신은 최우수 증인상을 받았다. 이와 함께 자동으로 미국에서 열리는 모의법정 대회에 유일한 외국팀으로 참가하게 되는 기회를 얻었다. 그 곳에서도 역시 소위 '대박'을 쳤다고.

"미국에서 열린 대회에서도 저는 증인 역할을 맡았어요. 유일한 외국팀이었기에 더 열심히 했던 것 같아요. 정말 놀랍게도, 그 곳에서도 최우수 증인상을 받았어요. 꿈꾸는 것 같더라고요. 상을 받기 위해 연단 앞으로 나가는 동안 미국 고등학생 참가자들이 기립박수를 쳐 주는데 그 기분이란…. 태어나 처음 보는 수많은 친구들의 축하를 받으며, 하이파이브를 하며, 이전까지 느껴본 적 없는 짜릿함을 느꼈어요."

짜릿함 속, 지난 실패의 기억들은 눈 녹듯 사라졌다. 그간 실패의 내공(?) 덕분인지 이후 출전한 대회에서는 줄줄이 입상했다. 그때 다시 한 번 깨닫게 됐다.

"원래 좌절과는 거리가 멀긴 했지만, 그 기억들 속에서 다시 한 번 느끼게 됐어요. 좌절은 아무 도움도 주지 못한다는 것. 긍정적으로 바라보며, 끊임없이 도전할 때 더 나은 결과가 있다는 것. 그리고 주어진 역할에 충실함은 충분한 보상으로 돌아온다는 것. 직접 느끼고 확인했기에 이후 마주치게 되는 도전들 앞에서 자신감이 생겼죠. 거침이 없었어요."

그렇게 도전 속에서 긍정의 힘을 확인할 수 있었다. 어려움은 즐거움에 가려 빛을 볼 새가 없었다. 열정은 그렇게 그녀를 움직였다.

하버드, 세계의 대학에 도전하다

도전 속에서 새로움을 발견해갔던 즐거운 고교생활. 하지만 또래의 여느 친구들처럼 앞으로의 진로를 고민해야 한다는 사실은 크게 다르지 않았다. 매일같이 미래를 그렸다 지우기를 반복하던 고3 여름의 어느 날, 눈이 번쩍 뜨일 만한, 너무나 매력적인 제안을 받았다.

"진학 담당 선생님한테서 하버드에 지원해보지 않겠냐는 제안을 받았어요. 처음에는 놀랐죠. 하버드라니…. 그냥 유학이라도 갈 수 있으면 좋겠다는 마음이었는데, 하버드라는 이름을 듣고 처음에는 어안이 벙벙했어요."

입학이 결정된 것도 아니었다. 단순히 원서를 내보라는 제안이었지만 가슴은 두근거렸다. 이내 '꽂혔다'. 단지 명문 대학의 이름이 탐나서가 아니었다. 검색을 통해, 주변 사람들을 통해 하버드가 가진 고유의 학풍을 알아가면 알아갈수록 꼭 가고 싶었다. '하버드는 자유로운 사람들을 좋아한다'는 이야기는 왠지 나를 두고 한 이야기 같았다. 떨어지더라도, 충분히 해볼 만한 도전이라고 생각했다.

그렇게 하버드는 조금씩 다가왔다. 불과 몇 달 앞으로 다가온 수시 전형에 도전하기로 마음을 정했다. 다니는 학교에서 이전까지 누구도 수시전형으로 하버드에 입학한 사람은 없었다. 온몸에 흐르는 것이 긍정의 기운이었지만, 모든 것을 긍정 하나에 의지할 수만은 없었다. 자신이 지금껏 해 온 노력과 경험을 증명해 줄 서류를 차근차근 준비하고, 부족한 공부를 해 나갔다. 하루 14시간씩, 최선을 만들어내기 위해 이를 악물고 공부했다. 그렇게 원서를 접수하고 결과가 나오기만을 기다렸다. 하지만 돌아온 것은 기대한 '합격'이 아닌, '보류'라는 통보였다.

"하버드의 경우, '합격'과 '불합격'이란 표현 말고도 '보류'라는 표현이 있어요. '합격'과 '불합격'은 말 그대로 '입학'과 '낙방'을 이야기하고요. '보류'는 '추후 결정'이라는 뜻이죠. 주변의 이야기로는 '보류'일 경우, '합격'까지 이어지기 쉽지 않다는 이야기가 대부분이었어요."

첫 도전에서 '보류' 통지를 받았다. 그간 들인 노력이 적지 않았기에 아쉬움과 좌절도 있을 만했다. 하지만 이미 끝난 일에 좌절하기보다는 또 다른 도전을 택했다. 이번엔 하버드가 아닌, 다른 대학의 정시 모집을 노렸다.

"비록 하버드에서 보류 통지를 받았지만, 긍정적으로 바라봤어요. 후회 없이 도전했으니까요. 또 다른 기회가 있다고 생각했어요. 그래서 정시에는 다른 학교에도 지원을 했죠. 그런데 신기하게도 스탠포드, 유펜 같은 다른 명문 대학에서 합격 통지가 오는 거였어요. 얼마 지나지 않아 하버드에서도 연락이 왔죠, 합격되었다고요. 소식을 들은 주변 사람들이 황당해할 정도였어요."

명문이라 불리는 대학들에 줄줄이 합격하고, 그렇게 원하던 대학인 하버드에도 무사히 안착했다. 게다가 장학생이었으니, 들려오는 합격 소식들은 본인은 물론이고 부모님을 비롯, 주변 친구들을 모두 놀라게 했다. 긍정으로 채운 도전은 만족스러운 결과를 가져다주었다. 그렇게 세계를 향한 발걸음이 시작되었다. 이는 또 다른 도전의 시작이기도 했다.

당당하게 하버드 입학 허가를 들고 미국행 비행기를 타고 태평양을 건넜다. 꿈에 그리던 모습이 눈앞에서 조금씩 이뤄지고 있었다. 사실, 입학하기 전까지 하버드에 대한 많은 이야기를 듣긴 했지만 한국에서 나고 자란 토종 한국인에게 하버드는 여전히 미지의 영역이었다. 덕분에 에피소드도 많았다.

"처음 학교에 갔을 때, 하버드에도 서울대 정문의 '샤'자 모양처럼 입구에 뭔가 독특한 조형물이 있을 거라 생각했어요. 한국의 유명한 학교들은 하나씩 세워놓고 있잖아요. 처음 짐을 풀기 위해 하버드에 도착해서 아빠랑 엄마랑 열심히 찾으러 다녔죠. 사진이라도 한 장 찍으면 좋을 것 같아서요. 그런데 아무리 찾아봐도 없고, 어느새 우리는 입구를 지나 캠퍼스 안에 들어와 있더라고요. 이게 다야? 하고 실망했어요." (웃음)

쉽지만은 않을 것 같았던 유학생활. 이미 한번 혼자를 경험했지만 이번에는 스케일이 달랐다. 내 나라가 아닌 곳에, 전 세계의 학생들이 모여 공부하는 곳이었다. 하지만 긍정적으로 생각했다.

"대전에서 서울로 올 때에도 큰 변화가 있었어요. 똑같이 사람 사는 곳이었지만 대전과 서울의 문화는 분명 달랐거든요. 하버드에 갈 때에도 그때와 비슷하리라 예상했고요. 미국의 문화, 하버드의 문화는 매우 낯설 것이고, 때에 따라서는 제가 위축될 수도 있을 거라 생각했어요. 그래도 열심히 노력하면 빛을 낼 수 있을 거라고 믿었어요. '꿀리지 말자'고 다짐도 했고요. 만나는, 마주치는 모든 것들이 내게 도움이 된다면 품에 안고자 했어요."

그렇게 하버드 생활이 시작됐다. 입학한 하버드 경제학부에는 〈맨큐의 경제학(Principles of Economics)〉의 저자로 우리에게도 널리 알려져 있는 인물인 맨큐(N. Gregory Mankiw) 교수를 비롯, 실력 있는 교수들이 수두룩했다. 다행히도 전공은 적성에 맞았고, 하버드의 학습 스타일도 나쁘지 않았다.

"원래 경제학을 좋아했어요. 그리고 〈맨큐의 경제학〉책을 보면 아시겠지만, 경제학에는 어느 정도 주입식 공부가 필요한데, 다행히도 한국에서 훈련받은 게 있어서 수월하기도 했어요. 그런데, 맨큐 교수님의 수업은 약간 지루한 감이 있죠." (웃음)

전공인 경제학에 푹 빠져 지냈다. 기초학문이었기에 사회 이곳저곳에 적용할 수 있는 부분이 너무나도 많았다. 학생들은 너도나도 자신의 관심을 향해 생각을 펼쳤고, 그 속에서 서로 섞이며 적잖은 학문적 시너지 효과들을 만들어냈다.

"저는 경제정책과 언론의 관계에 대해 공부했어요. 어느 친구는 향후 경제 전망 속에서 사람들에게 나타날 소비심리를 연구하기도 했고요. 자신이 관심 있는 주제에 대해 공부하는 친구들과 함께 시간을 보냈죠. 제가 사람을 모으는 재주가 좀 있다 보니, (웃음) 스터디 그룹을 모아 제대로 했죠. 덕분에 얻은 지식도 많았고요."

어딜 가든지, 누구를 만나는가는 상당히 중요하다. 다행히도 사람 복도 따랐다. 덕분에 공부는 즐거웠고, 학점은 즐거움과 비례했다.

"(하버드에) 아는 사람이 있을 리가 없었죠. 덕분에 처음 기숙사에 입사하며 걱정이 많았어요. 혹시나 이상한 친구와 같은 방을 쓰는 건 아닐까? 별별 생각을 다 했죠. 그런데 처음 기숙사 문을 여는 순간, 룸메이트가 환한 웃음으로 너무나도 다정하게 맞아줬어요. 잘 만난 거죠. 3년 동안 친사배처럼 지냈어요."

룸메이트뿐이 아니었다. 하버드에서 만난 친구들은 제각각 정말 다양한 재능과 놀라운 꿈을 가지고 있어 그 자체가 좋은 배움이었다.

"어느 한 친구는 고등학교 시절에 수영을 했어요. 공부도 잘 했고요. 이런 '엄친딸'인 친구의 꿈은 심리상담을 전공해 마음에 불안함을 품은 사람들을 돕는 것이었어요. 또 어느 친구는 미국 의료정책의 문제점을 고쳐 돈 없는 사람들이 적절한 치료를 받을 수 있도록 돕고 싶다고 했고요. 앞서 말한 제 절친한 룸메이트는 아버지의 국적이 아프리카 빈국 중 하나인 수단이었어요. 얼마 전 상영되었던 고 이태석 신부님의 〈울지마 톤즈〉의 배경이 되었던 나라이지요. 친구는 돈을 모아 수단에 여성들의 자립 활동을 위한 소액 신용대출(Micro Finance) 기관을 세우고 이를 통해 여성의 인권신장을 돕겠다는 꿈을 이루기 위해 열심히 공부했어요."

친구들은 다방면에서 뛰어난 친구들이었다. 이런 능력 있는 친구들이 품은 꿈과 노력을 함께 나누며 '자신이 가진 지식과 재능을 의미있는 곳에 쓸 수 있다'는 배움을 얻었다. 이와 함께 나는, 앞으로, 무엇을 할 것인가에 대한 고민도 조금씩 자라나기 시작했다.

한편, 하버드에 가서 느낀 것이 있다. 스무 해 동안 살아온 모국, 대한민국의 존재감이었다.

"해외 나가면 모두 애국자 된다고들 하잖아요. 저도 비슷했던 것 같아요. 한국이라는 말만 들어도 왠지 좋았어요. 다행히 하버드 학생들 사이에서는 한국에 대해 좋은 이미지가 많았어요."

친구들과 이야기를 나누며 느낀 한국의 존재는 결코 작지 않았다. 오히려 자신이 한국에서 느낀 것보다 컸다. 많은 이들이 한국을 다양한 방면에서 선진국으로 여기고 있었고 일부는 배워가야 한다고 생각했다.

"여름 방학을 이용해 잠시 중국으로 연수를 다녀온 적이 있었어요. 그 곳에서의 일정 중 누군가가 중국의 미래를 이야기하며 한국을 IT 방면에서의 롤모델로 삼아야 한다고 이야기하더라고요. 내가 우리나라를 IT 선진국으로 만든 건 아니었지만, (웃음) 그 뿌듯함은 상당히 오래 남았어요."

한국이 가진 긍정적 이미지는 IT를 비롯한 기술만이 아닌, 문화를 비롯한 다양한 방면에 널리 퍼져 있었다. 때로는 예상치도 못한 곳에서 우리나라에 대한 외국 친구들의 관심을 느끼기도 했다.

"이런 내용이 하버드에서 이슈가 된 적이 있어요. 하버드 학생들을 대상으로 서비스하는 인터넷 커뮤니티에 누군가가 글을 올린 것이 시작이었어요. 외국 여학생이 어떤 외국 남학생에게 고백을 했는데, 차였다는 내용이었죠. 그 남학생이 그랬대요. '나의 유일한 사랑은 한국 걸그룹 〈소녀시대〉라고…' 한국인인 제가 생각하기에는 황당하면서도 생각할수록 웃음이 나는 에피소드였지만 한류를 비롯한 한국의 문화가 세계 가운데 얼마나 퍼져 있는지 느끼게 되는 계기가 됐죠."

그 에피소드 이후, 하버드 내의 커뮤니티에서는 한국음악 (K-POP)에 대한 이야기가 지속적으로 오갔다. 이외에도 교내 식당에서 제공되는 '갈비' 같은 먹을거리를 비롯한 다양한 한국의 문화가 주목을 받는 것을 보며 자신이 나고 자란 나라에 대한 고민을 할 수 있었다.

현실에의 도전, G20 정상회의

"전공인 경제학이 기초학문이다 보니, 배운 것들이 조금은 뜬구름처럼 느껴지기도 했어요. 내가 배운 것들이 실제 사회에서는 어떻게 적용될까 궁금하기도 했고요. 그래서 사회 경험을 할 기회를 찾기 시작했어요."

현실경제를 이루는 다양한 요소들을 책으로만 파악한다는 것은 아무래도 무리였다. 책 속의 그래프를 이해하는 것은 어렵지 않았지만 실제처럼 느껴지지는 않았다. 경제뿐 아니라 사회를 이루는 요소들을 조금은 넓고 깊게 바라봐야 한다고 느꼈다. 그러기 위해서는 우선 현실에 뛰어들고 경험해 볼 필요가 있었다. 그렇게 휴학을 결심하고 한국에 돌아왔다.

돌아온 한국은 여전했다. 무엇부터 해 볼까? 주변을 둘러봤다. 우연히 들린 웹사이트에서 본 'G20'이라는 글자가 유독 크게 들어왔다. '서울 G20 정상회의를 함께 꾸며갈 자원봉사자를 모집합니다' 순간, 또 꽂혔다.

"G20 정상회의와 같은 큰 행사를 우리나라에서 하게 될 거라는 생각은 못 해봤어요. '아, 내가 G20 정상회의에서 무언가를 할 수 있다면 충분히 의미 있는 경험이겠다'고 생각했어요."

서울 G20 정상회의, 세계 선진 20개국이 우리나라의 수도 서울에 모여 공통의 주요 의세를 논의하는 자리. 아시아 최초의 G20 정상회의였고, 실로 거대한 자리였다. 하지만 외국인들에게 한국은 산업기술면에서 발달한 선신국 중 하나였지만, G20 정상회의를 앞장서 이끌어갈 의장국이 될 만큼은 아니라는 이미지를 품고 있는 이들이 많은 것도 사실이었다.

"그렇기 때문에 더더욱 참가해 알려보고 싶었어요. 우리나라가 의

장국을 맡아 G20을 성공적으로 치러낼 만한 능력이 충분하다는 사실을요. 나아가 이를 통해 외국 친구들이 한국의 발전된 모습을 접하고 더 나은 인식을 가졌으면 하는 바람도 있었고요. 저에게 있어서는 사회를 알아가는 데 좋은 경험이 될 것이라는 생각도 있었죠."

20대에 다시 오지 않을 기회라고 느껴졌다. 그렇게 6주간의 자원봉사가 시작됐다. 20개국의 정상이 한데 모이는 거대한 행사. 1박 2일이라는 짧은 일정이지만 행사가 열리는 서울에는 각국에서 온 수만 명이 모였고, 그들을 대상으로 하는 다양한 프로그램들이 진행됐다. 그 중에서 자신은 미디어센터에 속해 수많은 언론을 담당하는 업무를 맡았다.

현장에서 느낀 감동은 뜨거웠다. 세계는 한국을 주목하고 있었다. 전 세계에서 모인 수천 언론인의 마이크와 카메라는 세계 20개국 정상이 모인 한국을 담았고 이는 실시간으로 전 세계로 전해졌다. 세계의 선진국들과 어깨를 부딪치며 당당히 서 있는 한국의 모습을 보며 뿌듯해졌다.

"회의에 참석하는 20개국의 언론사 뿐만 아니라 전 세계의 언론사가 왔어요. 등록된 외신들만 수천 명 정도. 뭐랄까요? 우리집에 초대해 잔치하는 것 같아 즐거웠어요. 괜히 별일도 없으면서 외신기자들과 이야기하고 싶어서, 기자들 모습을 더 가까이에서 보고 싶어

과자를 가져다주기도 하고…. (웃음)

(그들과 이야기하며) 좋은 반응을 많이 접했어요. 정상들의 회의 말고도, 이와 함께 맞물려 돌아가는 프로그램이 상당히 많았는데 진행이 잘 됐다며 칭찬하는 외신도 있었고, 바로 직전에 G20을 치렀던 캐나다의 어느 기자는 캐나다도 이렇게 해야 했다며 치켜세우기도 했죠."

보람 있는 행사를 만들기까지는 고생도 많았다. 밤늦게까지 일하며 체력적인 한계를 느끼기도 했다. 밖에서 바라보는 우아함과는 거리가 멀었다. 시시각각 쏟아지는 보도자료와 홍보물을 싣고 다니던 손수레에 가장 정이 많이 들었다고 할 정도로 힘 쓸 일은 많았다. 그래도 위아래 할 것 없이 모두가 와이셔츠를 한 뼘 걷어 올리고 짐을 나르는 모습은 큰 배움으로 다가왔다. 나아가 성공적인 개최를 위해 G20 조직위원회의 스태프 뿐 아니라 국민들이 협조하고 지원을 아끼지 않는 모습은 감동이었다.

준비하느라고 땀 흘리던 지난 6주도 쉽지 않았다. 그래도 학교에 돌아가 친구들에게 '지난 G20 정상회의 봤지? 대한민국 봤지?' 하고 물으며 내 나라를 다시 한 번 힘주어 이야기 할 수 있을 것이라는 사실에 절로 어깨에 힘이 들어갔다.

"G20을 두고 그들만의 잔치라는 시각도 있다는 건 알고 있어요.

그렇지만 저는 우리나라의 성장을 세계에 다시 한 번 알릴 수 있는
자리였다고 생각해요."

1988년, 서울올림픽을 통해 한국은 짧은 시간 동안 눈부신 성장
을 한 국가로 세계 속에 널리 알려졌다. 하지만 그 이후 우리를 알릴
새로운 계기를 찾지 못했다. G20은 다시 한 번 우리나라가 가진 역
량을 세계에 알릴 기회였다. 세계 어디에 내놓아도 손색없는 행사로
만들기 위해 조금이라도 도움이 되고자 노력했다. 나아가 큰 행사를
무사히 치러냄으로써 우리가 가진 능력과 가능성이 국민들 사이에
서 다시 확인될 수 있도록 최선을 다했다.

"그동안 우리의 성장에 회의적인 부분이 있었지 않았나 생각해요.
'우리가 어떻게 더 성장하겠어', '해봤자 얼마나 더 하겠어', 이런 생
각들이 아닌, 한계를 그어 놓지 않고, '우리나라는 이보다 더 성장할
수 있어'라고 길을 보여준 측면이 있다고 느껴요. 물론, 미래를 볼
겨를 없이 지금을 살아가기에도 힘드신 분들도 있다고 생각해요. 하
지만 앞으로를 위해서라도, 우리나라가 가진 미래의 비전과 현재의
위상을 보여주는 부분도 필요했다고 봐요."

이틀간의 행사를 마치고, 그 이후에도 처음 접해보는 여러 행사들
이 있었다. 계속되는 고된 일정 속에서 몸은 지쳤지만, 머리는 생생

했다. 보고 배우고 듣고 느낀 것들은 훌륭한 경험이었다. 대통령과의 만남도 그 중 하나였다.

"G20 정상회의 이후 그 성과를 보고하는 자리에 참석했어요. 제자리가 대통령 옆에 마련되어 있더라고요. 놀랍기도 하고, 신기한 경험이었어요."

대통령 옆에서 이런저런 이야기를 나눴지만, 너무 긴장한 나머지 머릿속이 하얗게 비어버려 자세한 내용들은 기억나지 않는다고. 사인을 받기 위해 당돌하게 대통령 앞에 종이를 내밀었던 수줍은 기억만 난다고 했다.

세상에 나갈 시간, 꿈의 길목에서

졸업을 앞둔 지금, 동년의 많은 친구들과 마찬가지로 이제는 앞으로 무엇을 할 것인지를 고민해야 할 시기. 막막할 만도 하지만 설렘이 더 크다. 앞으로 펼쳐질 세상에는 지금보다 더 재미있는 일이 많다고 생각하기 때문이다.

"아직까지 구체적인 장래 희망은 정하지 않았지만, 기회가 된다면 앞으로 마케팅 쪽에서 일해보고 싶어요. 요즘은 페이스북이나 트위터같은 SNS(Social Network Service)에도 관심을 갖고 있어요. 저도 이용하고 있는데, 생각보다 더 재미있더라고요."

하지만 마냥 재미있는 일만 찾는 것은 아니다. 즐겁고 재미있으면서도, 누구도 개척하지 않은 길. 그러면서도 의미 있는 일에 대한 관심도 크다.

"전 세계가 우리나라를 바라보게 만드는 일을 해보고 싶어요. MP3를 비롯한 전자제품들, 우리나라 기업들이 잘 만들잖아요. 어디에 내어놓아도 부끄럽지 않은 물건들이 많아요. 그런데 많은 업체들이 중소기업이다보니 마케팅에 충분히 신경 쓰지 못 하는 것 같다는 게 제 생각이에요.

조금만 더 노력하면 우리나라에서도 애플(Apple) 같은 세계적인 기업이 나오고 아이폰(iPhone)같은 히트상품들이 나올 수 있을 거라 생각해요. 나아가 우리나라가 세계에 알려지고 더욱 주목받을 수 있겠죠. 이를 통해 우리나라의 위상이 조금 더 올라갈 수 있지 않을까요?"

대통령 직속기관인 국가브랜드위원회의 코리아브랜드 커뮤니케이터 활동을 하는 이유도 여기에 있다. 효과적으로 알리기 위한 ABC를 배워가는 과정 중 하나인 것이다.

"G20 자원봉사를 마친 후, 대학생으로서 우리나라를 알릴 수 있는 활동이 없을까 이곳저곳 살펴봤어요. 마침 국가브랜드위원회의 코리아브랜드 커뮤니케이터를 알게 됐어요. 우리나라와 저, 모두에게 좋은 일이라고 생각이 들어 망설임 없이 지원하게 됐지요.

코리아브랜드 커뮤니케이터는 한국이 품은 다양한 모습을 세계에 알리는 활동을 주로 해요. 지금은 우리나라가 가진 다양한 능력들을 파악하고, 이것을 홍보하는 방법을 배워가고 있어요. 저는 리포터 팀에 속해 한국의 좋은 점을 알리며 해외에 우리의 위상을 제고시키기 위한 기사를 써요. 활동과 한 달에 한 번 있는 정기 세미나를 통해 조금씩 내용과 실력을 쌓아가고 있죠."

이렇듯 꿈을 이루기 위한 준비는 현재 진행형이다. 세상에 무언가를 알리기에 앞서, 그 대상이 되는 공간을 더 알아가기 위해 여전히 탐험 중이다. 우리 사회에 존재하는 다양한 기업과 기관, 조직을 경험하며, 그곳이 어떻게 운영되는지, 어떻게 마케팅을 하는지, 무엇이 필요한지 하나하나 보고 듣고 배우며 자신의 것으로 만들어가고 있는 것이다. 이같은 과정 속에서 좋은 것들은 보약처럼 삼키고, 아니다 싶은 일들은 눈 밖으로 몰아낸다고 한다.

"먼저 선입견을 갖고 세상을 대하지 않으려고 해요. 남들의 이야기를 통해 무엇이 좋고, 나쁘다를 판단할 수 있는 것은 대상의 일부에 불과하니까요.

이 세상 어디에도 완벽한 사람, 완벽한 기업은 없다고 생각해요. 좋은 사람에게도 나쁜 부분이, 나쁜 기업에게도 배울만한 부분이 있다고 생각하거든요. 그 중에 정말 필요한 부분만 받아들이려 노력해요."

선입견 없는, 열린 태도로 대한 세상은 짧은 시간에도 풍부하고도 진한 경험을 전해주는 법이다. 거기에 이어지는 도전, 도전, 도전…. 적은 나이지만, 그 날들의 적지 않은 페이지를 도전으로 채워왔다고 자부한다. 누가 걸어본 적 없던 길이었다. 막막하고 두려울 만도 했지만 끝내 좋은 결과로 만들어냈다.

"저는 새로운 도전을 좋아하는 편인 것 같아요. 더군다나 제가 좋아하는 분야에서의 새로운 도전은 긴장되거나 두렵기보다는 재미있고 신선하게 느껴지고, 다가올 즐거움을 기대하게 만들죠. 특히 새로운 사람들을 만난다거나 감성적인 글을 쓴다던가 하는 일들을 하게 될 때면 마냥 즐거워져서 준비도 더 열심히 하는 것 같아요."

하지만 자신의 도전에 무모하다며 고개를 젓는 사람들, 한숨부터 쉬는 사람들도 적잖이 만났다. 힘들 테니 포기하라는 권유부터 하는 이들도 많았다. 자신조차 '이건 내겐 너무 어려운 일이야'라는 생각이 들 정도의 도전도 있었다. 하지만 그것은 극복의 대상이었다.

"사실 제가 좋아하는 일만 할 수 없잖아요. 저 역시도 제가 부족하다고 생각하는 분야, 이를테면 인증시험이나 논리적인 토론에 대한 도전은 스스로도 스트레스를 받는 편이에요. 전 한 번 쓱 해보고 잘하는 스타일이 아니라 준비를 잘 못하면 형편없이 고꾸라지는 스타일이거든요. 실제로 그런 일도 많았고요."

항상 성공만 했던 것은 아니다. 실패도 많았다. 하지만 그런 도전들이 끝내 성공할 수 있었던 이유는 무엇이었을까. 바로 긍정과 자신감이라고 말한다.

"제게 다가오는 모든 일, 제가 다가갈 모든 일을 긍정적으로 바라봐요. 언젠가는 할 수 있다고 생각하죠. 저 자신에 대한 믿음이 있거든요.
앞서 말했듯이 도전의 결과가 좋지 않았던 경우도 많아요. 수두룩하죠. 하지만 저는 실패를 인정하고 또 다시 준비를 시작해요. 이전보다 더 탄탄하게요. 이렇게 반복하다보면 전에 실패한, 같은 목표를 향한 도전일지라도 다시 해보는 도전은 곧 '새로운' 도전이 되죠.

그렇게 '새로운' 도전을 하게 되면 뭐랄까요. 제가 잘 하는 일에 도전할 때처럼 즐겁고 자신감도 더 생기는 것 같아요. 오히려 잘 하는 것에 도전할 때보다 다시 도전해 이룰 때가 더욱 뿌듯하고 기분이 좋죠."

운이 좋았다거나 천부적인 재능이 있어서 가능했던 성공이 아니었다. 긍정과 자신감으로 쌓아올린 성공들. 때로는 그런 자신감 넘치는 모습에 교만하다는 오해를 받기도 했다. 그러나 교만함이 아닌, 언젠가는 해내고 말겠다는, 자신을 위한 주문이었다. 또한 앞으로 해 나갈 많은 도전의 밑거름이기도 했다.

친구에게 건네는 조언, 미리 포기하지 말자

그녀는 함께 지금 시대를 살아가는 20대 친구들에게, '미리 포기하지 말자'는 조언이자 약속을 건네고 싶다고 했다.

"정말 당차고 힘이 넘칠 20대에 많은 친구들이, '설마 내가 저걸

할 수 있겠어'라는 생각으로 미리 포기하는 것들이 많지 않나 하는 생각이 들어요. 그런데 정말 정말 정말 정말로 원하면 길이 열린다고 생각해요. 그만큼 더 열심히 알아보고, 노력하고, 생각하면 길은 저절로 보인다고나 할까요? '남극에서 일하고 싶다'와 같은 황당한 아이디어라도, 허무맹랑한 꿈이라도 포기하고 접어두기보다는 한 번 도전해 보는 게 어떨까요? 우선 지금 컴퓨터 앞에 앉아 검색창에 '남극'부터 타이핑해 보는 게 좋을 것 같아요."

뭔가 원하던 것을 못 이루어냈다면, 그건 '그만큼 원하지 않았다'고 생각한다는 박지현. 그녀는 원하는 것에 도전하는 20대가 있다면 우리나라도 앞으로 더 많은 뛰어난, 훌륭한 사람들을 배출할 수 있을 것 같다고 생각한다. 나아가 자신도 그렇게 되기를 희망한다.

"나중에 훌륭한 사람이 되어서 우리나라의 위상이 높아지는데 큰 영향을 미칠 수 있었으면 하는 것이 인생의 궁극적인 꿈이에요.

지금까지 미국에서 대학에 다니며, 전 세계의 친구들을 만나며 한국이 점점 성장하고 있다는 걸 느껴왔어요. 현대자동차가 BMW와 함께 안정성 테스트에서 최우수 평가를 받았다는 뉴스가 CNN을 통해 전 세계에 보도될 만큼 우리나라가 점점 발전하고 있다고 생각했고요. 저는 그만큼, 나라 위상도 높아져야 한다고 봐요. 저 또한 대학에 다니며 친구들에게 한국에 대한 좋은 이미지를 주기 위해 언제나 노력해 왔기도 하고요. 우리나라가 긍정적인 이미지를 바탕으로 해서 세계 속의 위상이 높아졌으면 좋겠어요. 저 역시 여기에 작든 크든 간에 힘을 보태고 싶어요."

　자기 말처럼 그녀 자신도 바람을 이루기 위해 노력하고 있다. 지레 포기하기보다는 '어떻게 잘 할 수 있을까?'를 먼저 고민하며 무엇 하나를 하든 간에 의미를 찾기 위해 힘쓴다고 한다. 이와 함께 나의 미래뿐만이 아니라, 우리의 미래가 더 가치 있을 수 있기를 기대하며 힘을 보태는 것. 그녀가 꿈꾸는 자신의 미래다.

　20대는 리스크가 적은 시기다. 10대에서 벗어난 지 얼마 안 된 20대에게는 많은 일들이 '치기', '열정'으로 용서되고, 또 '배움'으로 결론지어진다. 또한 살아온 날보다 살아갈 날이 많기에 부족함이 있다면 차차 채워갈 수 있다. 더군다나 가진 것도 없기에 잃을만한 것도 딱히 없다. 그만큼 부담 없이 벌릴 수 있는 일이 많다. 이것은 그 어느 세대도 가지지 못한 20대만의 특권이다. 이 특권은 도전에 있어 절대적인 긍정으로 작용한다.

　자신이 가진 특권의 가치를 잘 아는 사람. 인생에 다시 오지 않을 스무 살의 많은 날들을 아낌없이 도전에 투자한 사람. 그것이 박지현이었다. 도전은 때로는 막막함이었고, 아쉬움이었지만 긍정과 노력이 더해지면 이내 뿌듯함으로 변해 안겼다. 그 뿌듯함은 앞으로 다시 펼칠 도전의 바탕이 되었고, 더 나은 미래를 향한 시금석이 되었다. 계속되는 도전은 그녀를 계속 성장시킬 것이다. 그리고 이내 성공으로 이끌 것이다. 그때까지 계속될 그녀의 도전이 지금처럼 빛을 보기를, 스스로 만들어가는 자신의 미래가 자랑스러워질 수 있기를. 그리고 많은 이들의 미래에도 좋은 영향을 줄 수 있기를 진심으로 기대해본다.

**New
Trend**

G20
세대

초판1쇄 2011년 3월 14일

지은이 김진도 외
디자인 조희정
편 집 윤덕주
발 행 (주)엔북

(주) 엔북

우) 121-829 서울 마포구 상수동 341-9 보림빌딩 B동 4층
http://www.nbook.seoul.kr
전 화 02-334-6721~2
팩 스 02-6910-0410
메 일 goodbook@nbook.seoul.kr

신고 제 300-2003-161
ISBN 978-89-89683-54-4 03810

값 12,000원